表達吸睛

從個人到小組，重量級講師教你的升級說話課

曾培祐
—— 著 ——

推薦序

魔術方塊的吸睛表達力

許榮哲（華語首席故事教練）

種一棵樹最好的時間是十年前，其次是現在。

至於吸睛，最好的時間是一開場，沒有其次。

如何一開場，就讓底下的觀眾屏住呼吸，目不轉睛？

我是這樣開場的。

一上台，就高高舉起一個魔術方塊：「魔術方塊的最大意義在於還原，世界紀錄最快花了五．五秒還原。至於最慢的紀錄……答案是二十六年。」

魔術方塊除了還原之外，還有其他意義嗎？

有！對我而言，魔術方塊還有兩個意義，讓我用兩個問題來回答你。

第一題：二選一，魔術方塊和下列哪一個人同年誕生？A.許榮哲，B.諸葛亮。

答案是「A」，我和魔術方塊都是一九七四年誕生的。

第二題：同樣是二選一，魔術方塊的面向和你身上的細胞數量，誰比較多？

答案是「魔術方塊」。

你身上的細胞是三十七兆個，至於魔術方塊，一共有四點三千億億個不同的面向。

四點三千億億這個數字是怎麼來的？我不打算告訴你，因為不知道這個數字，對你的人生沒有任何影響；我想要告訴你的是：「三分鐘說十八萬個故事」。

不過萬事起頭難，且讓我們從第一個故事開始。誰能把最近聽到的一個故事和大家分享，我就把手中這顆跟我同年誕生、擁有四點三千億億可能性的魔術方塊送給你。

以上這個吸睛的開場不是我發明的，而是模仿來的。

曾培祐是注意力設計師，上面我採用的方法，就是他教會我「演講開場」的五種方法之一：道具加提問。我只是把他用的道具從奶茶換成了魔術方塊，於是就有了這麼一個讓人目不轉睛的吸睛開場。

曾培祐的上一本書《極度吸睛》和這一本書《表達吸睛》，一本側重形式，一本側重內容，形式與內容互為表裡，只要運用得宜，吸睛的功力肯定不只翻兩番。

你的產品（內容）很好是一回事，但你的表達不吸睛，台下的觀眾不買單，一切都白費了。如何把觀眾吸引到你的產品面前，讓他們屏住呼吸，目不轉睛地盯著它一直看？曾培祐的《表達吸睛》就是為此而生。

推薦文

說好一分鐘，就能說好一輩子

孫治華（策略思維商學院院長）

我很喜歡培祐老師的書，總是可以將複雜的事物簡單化、將簡單的事物專業化，讓我們深入淺出地去學習一項專業——表達。很多人可能覺得開口的六十秒，好與壞可以差到哪邊？但這就是培祐老師厲害的地方。開口第一句話若能創造吸引力，表示你對聽眾的期許有明確的了解，而且有邏輯性地提供他們最關鍵的資訊，而要做到這樣精準地創造吸引力，其實培祐老師是在問我們「你所懂的＝你所說的＝聽眾想聽的＝聽眾」，你想通了嗎？

但如何說好這六十秒的內容？培祐老師會教你論述的邏輯支撐！你的論述是否有完整的理由與數據，這是許多人在表達上的誤區，也就是相信口語修飾，卻沒有邏輯基礎；同樣地，培祐老師也會跟你說只有數據與邏輯是不足的，還需要有感性的動機塑造。要看懂這點多不簡單，但培祐老師寫得簡單易懂，這就是我推薦他的理由。我們可以經過深思熟慮好好地說好一分鐘，自然就能說好十五分鐘、說好一輩子！

你覺得從一本書學一小段的表達很不值得嗎？或許我們應該思考過去那些談表達的書真的有幫助到你嗎？也許，我們應該花一本書的精力去學習那關鍵的一段表達思考，不是嗎？

推薦文

更少，但更好！

陳志恆（諮商心理師、暢銷書作家）

我是個職業講師，演講的時候，常不自覺放進許多內容。你若來聽我一場演講，會覺得內容精彩充實，腦袋塞到要爆炸；但也常抓不到重點在哪裡，而最後全都忘光光。

一開始，我不知道這個毛病，是閱讀了培祐的臉書文章後才猛然發現，講得多不一定好，給人深刻印象且真的有所學習，才是溝通表達的真正目的。這個觀念不只適用在大眾演講或教育訓練，一般的報告或短講更是如此。

大多數的人終其一生上台對大眾發表專題演講的機會不多，但總會遇到對小眾報告或分享的時刻。也許，是學生時代的課堂報告；也許，是求職面試時的自我介紹；也許，是公司裡的績效報告；也可能，是針對客戶的企畫提案。

這類溝通表達的特點，都是需要在短時間內讓人印象深刻，留下好感。

過去，我曾在中學服務，每到寒假過後，就要開始訓練高三學生進行大學甄選入學的面試練習。就像大多數學校一樣，會邀請大學教授前來指導，讓學生一一上場模擬面試。

時間一長，便看到教授們開始揉眼睛、打呵欠，顯然，學生們模擬面試時報告的內容千篇一律，少有令人眼睛一亮的時刻。其實，這正是殺出重圍的最佳時機。這時，你要是懂得運用短講時的一些吸睛技巧，就能立刻為自己加分不少。

所以，培祐這本《表達吸睛》寫得好！讓你學會如何做好一場令人驚豔的短講，哪怕只是課堂報告都好。而我在這本書裡學到了，要願意捨棄，才可能令聽眾印象深刻。就算從頭到尾只剩一個重點，若能運用書裡的吸睛原理，也會讓人感到精彩豐富、欲罷不能！

推薦文

表達的藝術讓你看見更寬廣的世界

曾明騰（全國SUPER教師）

一位懂得表達的人，可以讓他的每一句話都像故事般引人入勝！

我是一位理化老師，站在教學現場第一線講台達二十餘年，致力於將複雜且多元的科學知識與新科技應用，用各世代學生能理解的表達方式，簡單地轉化並傳授給莘莘學子們，這其中的關鍵在於兩大魔法：課程設計脈絡化、聯想表達邏輯化。

懂得靈活運用表達的能力，就像阿基米德的支點，輕輕一壓，你在地球的人生就此被撬動而改變。當波以耳與虎克間的師生情，開啟了真空無法傳聲的驗證；當阿基米德與羅馬軍隊的海戰，見證槓桿原理與光學原理在軍事上的應用；當虎克與牛頓的恩怨情仇，利用一顆蘋果的故事開啟了歐洲教廷的水軍作戰，瞬間將牛頓洗得白帥帥；當愛迪生與特斯拉的電流大戰，不只是科學論戰，更是商場上的戰爭，也是全球首富馬斯克（Elon Reeve Musk）向科學與能源致敬的方式。

《表達吸睛》就是你學習如何靈活表達的魔法杖，更是你正向改變齒輪被撬動的支點。透過書中精準好用的策略與步驟，再搭配許多精心設計的小練習，從個人表達再到團隊表達的提升，都能讓你有打通任督二脈的暢快淋漓之感。

說出影響力，跳出想像力，看出邏輯力，做出創造力，向宇宙借力使力！

推薦文

上台報告，從現在開始修練

歐陽立中（暢銷作家、爆文教練）

關於表達，你不見得參加過演說比賽，但一定有上台報告的經驗。不過尷尬的是，從來沒有人教過我們如何報告，於是我們遇過各種光怪陸離的報告，像是把簡報當讀稿機來唸啊，或是講了十幾點卻完全聽不到重點；還有那種豬隊友，分配完工作就消失，直到報告時才出現。不管你對報告的回憶是美好還是痛苦，你不得不承認一件事，那就是：報告是這輩子揮之不去的表達課題。

培祐的《表達吸睛》是我見過最系統化、步驟化的報告表達指南！透過「說重點、給支撐、留印象」三個步驟，就可以讓你的報告改頭換面，成為聽眾心裡的唯一。更有趣的是，電影演完你還不離開，因為在等片尾驚喜；同樣地，培祐除了給你扎實的報告「資料夾」外，還偷偷在章節片尾加碼「機密檔案」，讓你的報告功力直達天際，成為台上最耀眼的一顆星！

你終究是要上台報告的，那何不從《表達吸睛》開始修練呢？

推薦文

讓你的表達能力再次升級

蔡宗翰（TEDxTaipei講者）

關於溝通表達，這是一個最好也最壞的時代。最好，是因為溝通的成本變低、方式多元且渠道廣布了；而最壞，則是因為太多雜訊與誘惑，讓人的注意力快速被拉扯消耗，縱然端坐在你面前，但他此刻的心神早已在九霄雲外恣意馳騁。

注意力是人最寶貴的資源，而培祐就是注意力管理的箇中高手，是「吸睛流」的開山祖師。吸睛的目的不是讓聽眾目眩神迷，而是眼、腦、心的全神貫注，進而達成有效溝通。

透過《表達吸睛》這本書，你將會知道好的表達絕不是只在比嘴上功夫，它背後有心法與脈絡，還有立即可上手的工具，是每個人都可以習得的技能。相信透過本書的修練，必定能為你的表達能力再一次升級，讓吸睛成為你上台的標配。

推薦文

打造有自信的表達力

鄭俊德（閱讀人主編）

培祐老師在講師業界實力堅強，卻依然持續學習，對教學技術用心精進，一直是令我深深敬佩的講師。

從第一本《極度吸睛》就令我大大驚豔，他把上台教學多年的壓箱寶全部傾囊相授，而這次更寫出另外一部精彩篇章，讓你台上台下溝通互動也能《表達吸睛》。如果你想學會如何說重點、有共鳴、說出好故事，在這本書中可以幫助你找到答案。

《極度吸睛》在台上吸引學員目光，《表達吸睛》則能創造台上台下有自信地精彩互動，無論是個人表達或是小組帶領都能用得上。擁有這兩本書，絕對是能為你的職涯發展與人際關係帶來極大助益的工具好書。

透過培祐老師有結構性的說明、分解、練習、自我檢視，將為你創造更有自信的表達力。

推薦文

一本精進溝通表達技巧的佳作

鄭緯筌（Vista）（《慢讀秒懂》、《內容感動行銷》作者、「Vista寫作陪伴計畫」主理人）

近年來因為工作關係，我時常有機會在公部門、企業及各大學院校授課，我發現很多人十分怯於表達自己的意見。與其說他們文筆不好或不擅言詞，其實問題大多出在不懂得有條理地說好一個故事，再加上缺乏實戰演練的機會，才會造成這個窘境。

身為一位專欄作家和企業講師，必須有效傳達觀點與分享知識，因此我很重視溝通、傳達，也很在乎每次寫作、簡報或演講的成效，更希望透過我的書籍與課程跟大家分享相關的經驗。

之前有幸拜讀曾培祐老師的大作《極度吸睛》，讓我學會了吸引觀眾目光的多種技巧，也對這本書留下深刻的印象。而這回，很高興看到曾老師推出最新力作《表達吸睛》，讓讀者朋友們得以聚焦短時間的吸睛度，一開口就得分！如果您想精進溝通表達的技巧，我很樂意向您推薦這本書。

推薦文

乾貨精華集一書的精彩著作

Zoey（佐編茶水間創辦人）

培祐老師曾經在「佐編茶水間」的Podcast節目中分享他的第一本書《極度吸睛》，當時這一集的節目受到許多聽眾的喜愛，許多人反應內容含金量高，又極其實用。《表達吸睛》是他的第二本書，內容更是上一本的進階版。

透過淺顯易懂的方式，培祐老師讓需要上台演說、演講與報告的人，能夠更有效率且更有魅力地將自己要傳達的內容，成功地傳遞出去。書裡用系統化的方式整理表達力的結構，教讀者如何抓對重點、言之有物，可說是乾貨精華集一書的精彩著作！

目錄

二號 檔案夾

三號檔案夾

前言

表達很重要，卻難以掌握

每次我分享「上台表達技巧」時，都會充滿期待地問聽眾：「你聽過有人說『表達很重要，要把表達技巧練好』這句話，也表示認同的，請舉手？」通常在場的人都會舉手，這很合理，如果覺得不重要，大概就不會來聽我分享了。

接著我問：「你自認已經擁有不錯的表達技巧，也就是能達到『言之有物，讓聽者印象深刻』的請舉手？」這和剛剛全部舉手的情況完全相反，幾乎沒人舉手。

我感到很好奇，如果有人說表達很重要，而我們也認同這件事，為什麼認為自己表達技巧還不錯的人那麼少？一開始我以為是因為大家太謙虛了，於是隨機點名幾位聽眾上台自我介紹，或是針對某個主題進行一分鐘分享，但立刻發現，他們真的不是謙虛，真的沒有掌握「言之有物，讓聽者印象深刻」的表達技巧。怎麼會這樣？如果不是謙虛，那到底是什麼呢？

我認為找到這個問題的答案很重要，否則我的「上台表達技巧」課程，就會像他們聽過的所有其他課程講座或書籍一樣，聽了覺得有道理，真正上台卻用不上！

從知道表達很重要，到上台表達能「言之有物，讓聽者印象深刻」，這中間到底出了什麼問題？我一直想不透，找不到讓自己滿意的答案。直到有一天，我接受勞動部的邀請，與大學畢業準備投入職場的社會新鮮人分享「上台表達技巧」時，我忽然靈光一閃，開場同樣問了上述兩個問題，還多了第三個問題：「這學期你曾有上台報告的，請舉手？」現場共有將近兩百位聽者，不到五位舉手。

我發現原因了！原來大家都知道表達技巧很重要，但其實沒有足夠機會磨練上台表達技巧。學了再多，沒有機會練習或練習機會少之又少，等到真正重要的上台機會到來時，一定無法活用曾經學過的表達技巧。這就像開車，拿到駕照後一定要讓自己開車四處逛逛，如果拿到駕照後卻長達三個月或半年沒有實際上路的經驗，等到真正需要開車時，可能早把駕駛技巧忘光了，甚至沒有勇氣坐上駕駛座。

了解這個原因，對我調整「上台表達技巧」內容有非常大的影響。怎麼說呢？以開車為例，如果我知道自己拿到駕照可能要半年後才有機會上路，我該怎麼做才不會讓半年後的我不會對駕駛技巧感到生疏？拿著厚厚一本駕駛指南手冊嗎？沒用！因為手冊愈厚，半年後你愈不知道要從哪著手；手冊愈厚，你愈覺得氣餒，因為一定全都忘光了。那應該怎麼辦？如果只有簡單的四步驟，而且還寫在一張A4紙上，是不是感覺輕鬆多了？當然四步驟不可能涵蓋所有開車技巧，但只要有基本技巧就好，像是開車上路四步驟、路邊停車四步驟、啟動雨刷四步驟等，愈是久久用一次的技巧，愈應該要有簡單的步驟，這樣即便很久以後才用得上，但只要我需要時，拿出這步驟化的A4紙，我就有自信踏出第一步，接著就有下一步，然後技巧愈來越純熟。

這本書就是我在了解大部分聽者的真實情況後，重新設計的上台表達內容。針對每一種上台情境，我都用簡單的步驟化，就像懶人包。所以，即便你現在沒有上台演練的機會，但是當有需要時，翻開此書相對應的情境，例如「五至十分鐘的上台報告」、「和一群人一起報告或不同場合的自我介紹」等，都會有清楚的步驟，照著做就能設計出言之有物的內容，再透過不斷地練習（書中也有練習方法的步驟化介紹），你的表達就能讓聽者印象深刻。

總的來說，這本書就是關於上台技巧的懶人包，讓知道上台很重要、但平常沒機會常常上台表達的人放在手邊，需要上台時，一翻就能照著步驟做，立刻就能上手。

每個人一生中一定會有多次重要的上台報告機會，例如面試、向主管或客戶簡報等，當機會來臨，這本書能幫你一把。

二〇二〇年，我出版了人生第一本書《極度吸睛》，和這本《表達吸睛》都是在談上台吸睛技巧，差別在於，前者是寫給所有需要上台教學、演講的講師、老師們，而後者則是上台簡報、報告時，若想讓報告的內容更有說服力、讓聽者印象深刻，可以從中找到許多簡單又實用的步驟和方法。

例如我是一名講師，常常需要和同學、老師、企業員工分享，我可以從《極度吸睛》中找到許多好用的吸睛教學活動，讓我的演講、教學更能抓住聽者注意力，讓聽者能專心聽我上課。而講師除了演講、教學，更多時間其實是到各邀課單位進行提案，希望大家願意採購我的課程，讓我有機會前往授課；進行提案就是一種上台報告，這時候《表達吸睛》提到的報告技巧就對我幫助很大。

如果你需要上台報告，《表達吸睛》這本書絕對非常實用。

一號
資料夾

說好一個五至十分鐘的上台報告

上台報告最常碰到的情境有以下幾種：學期中作業報告、學期末成果報告、上班時每週業務彙報、例行客戶簡報、聚會時意見分享……等等，通常表達時間大約五至十分鐘，此時若有好的表達技巧，讓聽者對內容印象深刻，透過報告持續累積我們在聽者心中的努力、專業的形象，我們就能成為團體中有影響力的角色。

我從國中開始就相信說話是門技術，也夢想有一天能靠說話賺錢，那會是非常美好的事。研究所畢業後，第一份工作是大學的專案研究人員，原以為離張口說話賺錢的夢想已經愈來愈遠，既然夢想和現實不能兩全，還是務實做好眼前工作比較重要。

我的專案經常需要邀請業界講師到校對學生演講，而每次我都要負責開場介紹講師。雖然我無法靠張口說話賺錢，但只要有上台機會就會非常開心，哪怕只是簡短地介紹講師，都會事先練習好多次，希望讓學生充滿期待、提升注意力和穩住現場氣氛。

幾年前的某一天，我請了一位知名講師來演講，照慣例由我上台介紹講師的背景，當然我也事先練習過無數次，每天中午吃完飯便跑去學校大樓頂樓，一個人對著空氣不停地練習。終於演講準備開始了，我成功吸引了同學的注意，也讓整個會場保持安靜，在最棒的氛圍中把麥克風交給講師。

演講結束後，你猜講師下台和我說的第一件事是什麼？他說：「培祐，你有沒有興趣來我公司工作，我正在培訓講師，你現在領多少薪水，我就給你多少薪水。等培訓結束、正式接課程，薪酬再另外算。」那一刻，我簡直不敢相信自己的耳朵，國中時不斷在心裡播放的夢想，就這麼真實又意外地出現在眼前，當然二話不說就答應了。我現在的確就是靠一張嘴說話賺錢，而我永遠不會忘記，因為短短幾分鐘的講師介紹成就了現在的我，這就是認真看待每一次五至十分鐘上台報告的重要性。

接下來我會用四個檔案分享「如何說好一個五至十分鐘的上台報告」，值得一提的是，每個檔案都附有一個機密檔案，讓你一窺更厲害的上台報告技巧。

讓我們開始吧！

檔案1

為報告主題找到獨特角度

一部漫畫要能被讀者接受，一定要有一些流行元素，像是愛情、友情、熱血、永不放棄的精神、夢想……，但要想大賣，只有這些流行元素遠遠不夠，還必須有獨特的角度，例如超人氣漫畫《航海王》從「海賊」切入，《火影忍者》從「忍者」切入，《名偵探柯南》從「偵探」的角度切入，《鬼滅之刃》則從「鬼」切入。你有沒有發現，這些大賣特賣的漫畫不僅有獨特的切入角度，而且還明顯地讓聽者一看就懂，甚至明顯到直接放在書名上。

上台表達也是一樣的道理，要能被聽者接受，第一個關鍵就是：要為主題找到獨特卻又讓聽者容易懂的角度。

1-1 勇敢告訴自己，只說一個重點

當你開始準備上台報告的內容時，你的準備順序是什麼？

A.關於這主題我知道些什麼？

B.簡報怎麼設計才漂亮？

C.要Google什麼關鍵字才能找到資料？

你會從哪個選項開始著手呢？大多數人的回答會先想A，把所有知道和主題有關的重點都列出來；再來是C，搜尋自己還不知道、但應該報告的內容；最後才是B，把內容設計成漂亮的簡報。

很遺憾地，這樣做其實是有反效果！為什麼我會這樣說呢？因為上台五至十分鐘報告的目的，是要「讓聽者對內容印象深刻，進而被你影響」。當你準備內容時，把所有重點都列出來，很有可能你會捨不得刪去這些重點，最後全部都想要講。根據我的經驗，當你把這些重點全講了，也等於全都沒講，因為大腦的短期記憶空間有限，短時間內如果聽了超過四個以上的重點，通常都記不住，說白了，就是對於你表達的內容沒有深刻印象。所以，把所有和主題有關的重點都列出來，反而是讓自己上台報告失去重點的第一個地雷！

那麼準備上台報告的內容時，第一件事應該做什麼呢？我已經明確寫在標題上了。準備內容時，第一件要想的事就是：如果只能說一個重點，要說的重點是哪一個？請好好思考這個問題，並且得出答案，在沒有答案之前，所有的資料、數據、精彩的案例等都不急著先條列出來。接著選出最重要的重點；這是整個表達的靈魂，資料、數據、精彩案例等則像軀殼，沒有靈魂的軀殼並不會讓人印象深刻。

以「自我介紹」為例，一個從國小到大學都非常努力精進自我的人，反而愈是無法做好自我介紹，因為他能介紹的重點太多了，如果全講了，聽者又會聽到恍神。所以每次自我介紹時，我們都必須自問：如果只和這群人介紹自己的一個重點，那要介紹什麼？我常常報名許多課程來精進自我，每次的課程都要求自我介紹，於是我會這樣說：「我是培祐，是個注意力設計師，專門設計抓住聽者注意力的方法。所以如果你是老師、講師，我們可以多交流喔。」你看，我只凸顯一個重點，那就是我的專業——我是注意力設計師。

換個情境，我去參加老婆公司的尾牙，席間也會需要自我介紹，面對這樣熱鬧的場合，我是這樣說的：「我是培祐，熱愛吃麻辣鍋，也熱愛研究麻辣鍋，大家以後想要吃什麼類型、價位或特殊食材的麻辣鍋，歡迎來找我。」看出了嗎？我在這種熱鬧場合中凸顯的重點是「我的興趣」——我是麻辣鍋愛好者。所以每次需要自我介紹時都會看場合，只選一個重點講，這樣聽者反而記得住。

別全講，鼓起勇氣，就挑一個！沒錯，只挑一個是需要勇氣的，因為你怕萬一其他沒講到的剛好是對方想聽的該怎麼辦？其實你要反過來想，如果只能說一個重點，聽者最想聽的是哪一個？

延伸練習

如果你有五分鐘時間向來台洽談公事的八名澳洲客戶介紹台灣，你知道只介紹一個重點才會讓他們印象深刻，你會選擇哪一個重點來介紹呢？

A. 台灣美食
B. 台灣文化
C. 台灣多元族群
D. 其他

1-2 找出一個重點，用一句話說清楚

如果朋友對你說「我今天過得很順利」，請問這是什麼意思？是工作進行得很順利嗎？還是開車上下班都沒遇到塞車很順利？或是和家人相處很順利？答案有可能以上皆非。朋友的意思可能是：今天犯了一個重大錯誤，但是在團隊努力搶救下化險為夷，所以他認為今天很順利。你發現了嗎？要用一句話說清楚重點是件很不容易的事，但我們都要練習用一句話就讓聽者明確聽出重點。

《說出亮點吸引力》（*Got Your Attention? How to Create Intrigue and Connect with Anyone*）作者莎曼・霍恩（Sam Horn）研究發現，講者站上台開始說話，聽者願意專心聽的時間是六十秒。如果時間到了依然沒有聽到重點、沒有勾起好奇心，聽者就會開始分心。六十秒很長嗎？很長，足夠你用一句話說清楚重點。但如果你怎麼說，都

讓聽者聽不出重點是什麼，那失去聽者注意力就在彈指之間。

所以，當我們花心力找出一個值得一說的重點時，接著就是要用一句話把重點說清楚，讓聽者好接收。「我今天過得很順利。」你可以說得更明確：「我今天犯了一個致命錯誤，好險團隊夥伴夠給力，我們化險為夷，算是很順利的一天。」這樣一說是不是就引起聽者好奇：到底犯了什麼致命錯誤？團隊成員如何給力？過程是如何化險為夷？一句話就把重點說清楚，為你贏得下一個六十秒，甚至更多的聽者注意力。

自我介紹時，與其說「我是個重視團隊合作的人」，你可以說得更清楚：「我擅長釐清團隊的首要目標，並協調夥伴一起朝目標努力！」工作彙報時，與其說「這一週所有工作都順利進行」，你可以這樣說：「這一週我負責的五項工作都已經進入執行階段，目前一切順利。原先擔心人力不足的問題並沒有發生，但我會和行政單位保持密切聯繫，隨時請求支援。」專案進度報告時，與其說「目前進度有點落後」，你可以說：「目前的進度應該是三週前就應該完成，現在要來想辦法追上進度！」

當我們開始練習用一句話說清楚重點時，可以先把短話「長」說，盡量說清楚重點，然後再來刪減。因為用的字愈少，聽者愈不容易抓到重點，比如「這碗麵真好吃」，聽者會搞不清楚是湯頭好喝、麵好吃還是用料新鮮實在，但如果你說「麵的軟爛程度影響麵的好吃程度，這碗麵的軟度是我認為最好吃的」，聽者一聽就懂。

短話「長」說是練習用一句話把重點說清楚的訣竅，我再提出一個更具體的方法，即「三十字真言」，關鍵是「真」字，也就是真心想說的話用大約三十字把重點說清楚、講明白，字太少很容易變得含糊籠統。

這三十字真言不必是金句、也不用押韻，就是一句普通的話，但必須是你真心想說、把重點清楚表達出來的話，這樣就是最棒的三十字真言了。

整理一下重點：當我們準備上台表達內容時，首先選出一個要講的重點，接著用三十字左右的一句話把重點說明白，這樣就符合在六十秒內勾起聽者好奇、引起共鳴的注意力鐵則。

延伸練習

想像今天是你進入公司就職的第一天，老闆在例行晨會時請你上台自我介紹，你知道這是建立良好第一印象的好機會，也知道要用「三十字真言」說清楚一個關於自己的重點。那麼你會怎麼說呢？

1-3 重點是否說清楚，一招確認

當三十字真言設計出來後，你或許有個疑問：「我又不是聽者肚子裡的蛔蟲，怎麼知道他們聽到的重點和我想說的重點一樣呢？」

在青年表達力課程中，我都會出「我的學校」這個題目。也就是學生目前就讀的學校。然後請學生思考，如果只能用一個重點介紹學校，他會特別想介紹哪一個。想好之後，用「三十字真言」把重點寫下來。接著我鼓勵所有同學離開教室，直接走到介紹的那個點並畫下來。為什麼要畫下來？因為你設定的三十字真言，聽者聽完後於腦中浮現的畫面，應該要和你的畫一樣！這就代表你說的和別人聽到的是一致的，也就能避免聽錯的情形發生。

當確認每位同學都畫好後，我會請他們說出自己的三十字真言，然後訪問聽者腦中浮現的畫面是什麼。如果大多數聽者想到的畫面和講者畫的圖不一樣，那麼講者的三十字真言就得調整了。

舉個例子，美美的三十字真言是「我們學校是全國校園階梯數最多的學校」，阿德的三十字真言是「每次走學校階梯，就好像上了一堂體育課」。請問你聽完美美和阿德的分享後，腦中浮現的畫面一樣嗎？

當時在教室裡，同學們聽完美美的三十字真言後紛紛表示「腦海中出現很多樓梯的畫面」，一看到美美的圖畫，的確畫了很多樓梯，那麼美美的表達就算成功了！而同學聽完阿德的三十字真言後，有不少同學分享「看到穿體育服的人在走樓梯，正準備走向操場或籃球場」，可是看到阿德的圖畫時，發現他畫了很多樓梯，而同學走在樓梯上，臉上流了很多汗，但沒有操場，也沒有體育服。這中間就出現了落差，有可能一些同學誤會了重點和體育課有關，但其實阿德的重點聚焦在學校樓梯很多、爬樓梯很累、很耗體力。

聽完同學腦中的圖像後，阿德調整了他的三十字真言，變成：「學校樓梯真的有夠多，同學常常走到汗如雨下」。這樣調整後，其他同學腦中的畫面就和阿德的圖畫一致性相當高了。

整理一下重點：我們說的話都會在聽者腦中產生畫面，因此可以先把三十字真言的畫面畫下來，如此更能有效調整用字。事前練習時，也可以問聽者在聽完三十字真言後所浮現的畫面，然後根據聽者的意見進行調整，既實際又很有效率。例如你有一個重要的產品簡報會，你和同事在會議前一週進行練習時，就可以請教同事聽完三十字真言後腦中浮現的畫面為何。

但如果你真的無法選出最想說的重點，該怎麼辦？那就不用去想三十字真言，更不用畫圖了，下一節將解答你的疑問。

延伸練習

你定期會參加一個登山聚會，成員包含上班族、家庭主婦、大學生和高中生，每個月登山一次。登山前，大家要用五分鐘時間輪流分享這個月的近況。假如明天要去爬山運動了：

- 我只能分享一個重點，那會是：＿＿＿＿＿＿。
- 如果用三十字左右的一句話說明，那會是：＿＿＿＿＿＿。
- 我想畫的圖是（可以畫出來喔）：＿＿＿＿＿＿。
- 我想先講給＿＿＿＿＿＿聽，並和他核對圖像！

1-4 說聽者在意的事，重點自然浮現

下週就是學校期中考，微積分教授準備上課，這是考前最後一次上課，你猜，坐在教室裡的學生最想聽到教授上什麼樣的課程內容？答案是：下週考試要考的內容！如果教授一上台就講這個內容，保證學生一定聽得超專心，而且用盡各種方法記下聽講內容。

「對象感」是上台表達的最高法則，永遠要記得你在和誰說話，並且問自己：「聽者最在意的事情是什麼？」不是說自己想說的，而是說聽者在意的！

號稱中國影響力最大的知識網紅羅振宇在接受訪問時說到，要成為合格的表達者，首先一定要練習「有對象感的表達」，表達時，心裡一定要有對象的利益存在。

他還說了一個小時候的親身經歷：從他三歲開始，父親就會講世界名著給他聽，像是

《封神榜》和《基督山恩仇記》。羅胖（羅振宇的綽號）特別強調，他父親並不是一字一字地唸，而是用三歲孩子聽得懂的話將故事講給他聽。這就是有對象感的表達，知道對象是三歲孩子，從用字遣詞、語氣語調到故事深淺，厲害的講者會以最符合聽者利益（這裡指的是三歲孩子聽得懂、聽得入迷）的方式進行表達。

當你真的覺得重點很多、很難只選出一個重點來分享時，你要問自己三個問題：

一、聽我說話的人是誰？

二、關於這個主題，他們最想知道什麼？

三、什麼是他們不感興趣而我不用多說的？

延伸練習

想像一下，假如你目前就讀高中二年級，是學校的親善大使，將代表學校和大約五十名的國三學生分享「我的高中生活」這個主題，分享時間大約六分鐘。但你的高中生活有太多可以分享，怎麼講都可能超過六分鐘。

讓我們用三個問題來設計「有對象感的表達」吧！

問題一：聽我分享的人是誰？

問題二：關於「我的高中生活」，他們最想知道什麼？（課業？社團？感情？老師風格？）

問題三：什麼是他們不感興趣而我不用多說的？（學校歷史？建築物特色？學校校訓？）

設計讓人一輩子難忘的上台報告

人一輩子難以忘記的一定是他特別會關注的事，而且只要符合下面這兩點就會關注，那就是「對他有好處（讓他快樂）的事」以及「對他有危險（讓他痛苦）的事」。按照這個準則，我們在設計上台報告的一句話重點（三十字真言）時，就必須傳達出「趨吉或避凶」的訊息。就以分享「我的高中生活」為例：

● **及格的一句話重點**：我們學校的社團活動非常精彩，老師和學生都積極參與。

● **精彩的一句話重點**：我們學校的社團活動非常精彩，你想要回味無窮的高中生活嗎？我們這裡有！（趨吉）

再以讀書會時和學員介紹以「上台報告」為主題的書為例：

● **及格的一句話重點**：想要順利完成上台報告，書裡有簡單又清晰的五個步驟。

●**精彩的一句話重點**：每次上台報告都讓你很煩惱、花很多心力準備嗎？這本書提供清晰的方法。（避凶）

總結來說，上台報告的一句話重點設計是這樣的：

●及格的一句話重點設計流程

針對報告主題，選取一個獨特角度

↓

設計一句話重點（30字真言）

●精彩的一句話重點設計流程

針對報告主題，選取一個獨特角度

↓

將該角度連結到聽者的快樂或痛苦

↓

設計一句話重點（30字真言）

這就是機密檔案想和你分享的，如果是你非常重視的報告場合，例如畢業典禮致詞、演講比賽、科展報告、大學面試、業務彙報、產品說明等，請記得用精彩的一句話重點設計流程，設計出讓聽者有感的重點一句話，讓這句話連結到聽者的快樂和痛苦上。

檔案2

幫重點找到有力支撐點

在辯論比賽中，只要一方提出一個觀點，例如「我方認為上班族在家工作效率更高」，就會繼續說：「我方會這麼說的原因有三個，分別是……」然後輪到另一方提出他們的觀點及其原因，雙方辯論就這麼持續進行下去。

仔細一聽，「我方認為上班族在家工作效率更高」就是一句話重點，而「我方會這麼說的原因有三個……」則是讓一句話重點更有說服力、更能被聽者接受的關鍵，我稱之為「支撐點」。在表達時，有重點和支撐點是基本的內容組成，接著，你設計的支撐點讓聽者愈有共鳴，接受一句話重點的機會就愈高；又或者一句話重點和支撐點的連結度愈高，聽者接受一句話重點的機會也會變高。

你不會在辯論場上聽到：「我方認為上班族在家工作效率更高，至於原因……這不需要原因，對的就是對的，我們不想多說。」如果這麼說，注定要輸掉比賽。所以，除非比賽者已經失去理智，變成吵架模式，不然原則上不會離開「重點—支撐點」的基本組合。

倘若只有重點、沒有支撐點，聽者聽完後會問：「你憑什麼這麼說？」因為他覺得沒有說服力；相反地，沒有重點而只有支撐點，聽者會問：「你到底想說什麼？」因為讓人摸不著頭緒，不知道為何而說。

前面已經分享如何說好一個重點，接著要談談如何說好一個支撐點，嚴格來說，應該是如何說好「三個」支撐點，因為讓聽者覺得有共鳴的支撐點通常包括「原因」、「案例」和「數據」三種類型；而要說好它們，則分別需要掌握一些訣竅，讓我們一起看下去！

2-1 支撐點一：說原因，而且要列點

你有沒有這樣的經驗：你去知名風景區遊玩，正排隊等著上廁所。你已經等十分鐘了，再三個人就輪到你。這時有人插隊，你會不會很生氣？我想答案是會的。你會不會請他不要插隊？除非對方身材特別高壯，不然我想你一定會開口。但如果對方插隊時對你說：「真的很抱歉，我肚子好痛，快忍不住了，能不能讓我先用？」在這樣的情況下，你答應他插隊的機率是不是就提升許多？

人的大腦渴望原因，只要有原因，大腦的接受度一下子就會提高。

再試試一個難度很高的情況。就讀高三準備考大學的兒子希望爸媽買一台Switch給他，這一聽就知道不容易達成，畢竟要考試了，父母一定會擔心兒子玩物喪志，一個不留心，說不定還要重考。如果是你，會怎麼對父母說？直接說的話，機會肯定不

高，但如果加上原因呢？注意喔，把「對象感」考慮進去，父母最在意的是什麼？像是「高三準備考大學，整日讀書壓力會不會太大？」「有沒有時間運動，保持身體健康？」如果從這個點切入就可以這樣說：「我知道高三還想買Swtich很不可思議，但我不是拿來打電動，主要是運動。你們看，讀完書回到家都很晚了，去外面運動也不太安全，有了Swtich就可以在家運動，既安全又紓壓，不是很好嗎？買給我吧！」

整理一下，一句話重點是：「買給我一台Swtich吧，我不是要打電動，是要用來運動紓壓。」只有一句話還不夠，再加上具有「對象感」的原因：「我現在讀完書回到家都很晚了，出去運動不僅沒時間也不安全，有了Switch就可以在家運動，既紓壓又安全。」有了一句話重點加上有對象感的原因，說服力是不是提高超多？

但是，說明原因時有個大地雷要避開，那就是很容易變成碎碎唸，讓聽者抓不到重點。

例如我的國中老師曾苦口婆心地對全班同學說：「你們一定要用功讀書，以後才會有出息（一句話重點）。現在的社會看學歷，學歷高，找的工作薪水也較高。多讀書，考好試，讀好學校，認識的同學也都是喜歡讀書的人，而這些人會是你出社會後的人脈。以後你們結了婚、生了小孩，多讀書會讓你們比較知道怎麼教育，這樣一代一代就會產生正向循環。不要嫌老師囉唆，要多讀書呀！」

現在回想起來，老師當年的一席話真是為我們著想，但有多少同學聽進去呢？那時很多同學不是看小說就是在發呆，也有不少人看著講義自修，專心聽老師說話的卻很少，為什麼呢？因為老師的諄諄教誨太像碎碎唸了，難免讓人聽著聽著就分心了。那麼上台表達時，要怎麼說才能善用講原因的優勢來避開這個地雷呢？

講原因，讓聽者有共鳴的關鍵在於：要列點！列點才能讓人聽到重點，聽得分明；列點才能簡單地把重點說清楚，而不會淪為碎碎唸。所謂的列點，就像是「第一點、第二點、第三點……」，或是「首先、再來、最後……」，或者「最重要的是、第二重要的是、最後要提醒的是……」。再以國中老師的那段話為例，我們把原因加上列點：

你們一定要用功讀書呀，以後才會有出息。不要以為老師只是在講大道理，我要你們用功讀書有三個原因：

第一，這是個看學歷的社會，誰的學歷高、畢業的學校好，未來就能找到更理想的工作。

第二，用功讀書考上好學校，也會認識用功讀書的同學，這些人以後都是你的人脈，出社會對你幫助很多。

第三，以後你們會結婚生子，你們喜歡讀書，也就會教導孩子喜歡讀書，這會變成一個正向循環。

所以記得老師的話，要用功讀書呀！

可以比較一下將原因列點以及沒列點的說法，內容雖然幾乎一樣，但聽者的大腦對於有列點的內容就是比較好吸收，更容易記住重點，共鳴度自然也比記不住的高很多了。

最後，說明原因最好不要超過三點，從我們報警要撥一一〇、叫救護車要撥一一九、查詢時間要撥一一七就可知道，都是三個數字一組，因為比較好記。一次三個重點是人們不用紙筆、短時間內可以記住的極限了，重點再多就很容易忘記，有些人覺得麻煩就不打算聽、不打算筆記，當然也就對你的表達沒有印象。

重點整理一下：說出原因，可讓一句話重點更有說服力，但要列點說明，才不會顯得碎碎唸，讓聽者抓不到重點；而將原因分類歸納成三點，是最能讓聽者大腦接收的數量。

延伸練習

在半年一次的家族聚餐中，你和表兄弟姊妹圍在一桌吃飯聊天，席間聊到一定要訂閱追蹤的YouTuber。你希望大家一起追蹤你最愛的YouTuber，請問怎麼說才會有說服力，幫你喜愛的YouTuber增加追蹤數呢？試試看：

● 一句話重點：＿＿＿＿＿＿＿＿＿＿。

● 三個原因（支撐點）：＿＿＿＿＿＿＿＿＿＿。

2-2 支撐點二：給案例，而且要細節

我們來假設一個情況：你和小美是好朋友，有一天她對你說：「我在學校社團認識一個新朋友阿明，他是個好人。」請問小美說完這句話，你就會記得阿明是個好人嗎？我想你大概聽過之後就算了，沒有真的放在心上，為什麼呢？因為小美針對「阿明是個好人」並沒有太多細節描述。如果我是小美，又希望你對阿明印象深刻，我會這樣說：

我最近在學校社團認識一個新朋友阿明，他真是個好人（一句話重點）。前兩天，我為了製作成果發表會的海報，在社團辦公室待到晚上九點多，阿明擔心我一個人會害怕，特地留下來陪我，然後和我一起走路回家。隔天上課時發現他的大腿上有

一條條紅印子，問他怎麼回事，他說因為太晚回家，爸爸生氣地用藤條教訓他。要不是我問了，他本來沒打算要說出這件事，擔心我會內疚，真的很貼心耶！

你看，加了一段阿明陪小美到晚上九點多的案例後，是不是讓你對阿明是個好人這個印象深刻了？這就是案例描述的威力。

而要把案例說到讓人腦中有畫面且印象深刻，描述時必須注意細節。什麼叫細節？暢銷作家歐陽立中的《故事學》中提到，故事要有細節，才會讓聽者身歷其境。細節包含「時間」、「地點」、「角色」、「對白」、「情節」五個要素，我們就用這五個要素檢視一下小美的案例。

時間：前兩天的晚上。

地點：社團辦公室。

角色：小美、阿明。

對白：我問阿明腿上一條條紅印子是怎麼回事，他說是太晚回家被爸爸用藤條處罰的痕跡。

情節：因為阿明怕小美一人在社團辦公室會害怕，所以特地留下來陪她。因為阿明太晚回家，所以被爸爸處罰。

這裡要特別說明一下情節。情節是故事的推進器，好的故事一定有符合邏輯的情節，所謂的情節就是「因為……所以……」，情節愈合理，故事的說服力就愈高。

從現在起，當你想要讓聽者對一個想法印象深刻時，可以加入案例，而案例的描述必須有細節，就從檢視案例的描述是否包含五元素開始吧！

延伸練習

還記得半年一次的家族聚餐嗎？那天聚餐結束後，大家興致不減地跑去貓空泡茶聊天，大人們聊起各個兄弟姊妹小時候發生的糗事。沒想到舅舅要大家各自分享一個故事，一個發生在家人之間、讓你難忘的溫馨故事。你會說什麼故事呢？

讓我們透過故事細節五元素來構思一下吧。

時間：發生在幾歲時候的事？

地點：是在家裡還是出遊時發生的事？

角色：故事主角有哪些家庭成員？

對白：家人說了哪些話讓你難以忘記？

情節：整個故事的「因為……所以……」整理清楚了嗎？

2-3 支撐點三：放數據，而且要對比

Netflix原創紀錄片《海洋陰謀》（*Seaspiracy*）述說的是海洋的美麗與哀愁，導演阿里・塔布里奇（Ali Tabrizi）開頭就說：「海洋充斥著大量的塑膠垃圾。」（一句話重點）但光是這樣一句話並不足以讓聽者印象深刻，所以他舉了一個數據：「海洋現在的垃圾量有一億四千萬噸。」這是個明確、具體的數據，但這個數據離我們熟悉的數量太遙遠了，儘管知道垃圾量很龐大，卻還是沒有切身的震驚感。這裡就說到了運用數據的關鍵——對比。

塔布里奇善用了這項技巧。他接著說：「這些海洋垃圾分解為塑膠微粒後的數量，比銀河所有星星加起來還要多五百倍。」銀河的星星，我的天啊，天氣晴朗、沒有光害時，星星是多不勝數啊，我們也都知道星星超級多，而海洋的垃圾竟然比銀河

所有的星星還要多五百倍！說到這裡，聽者對於海洋充斥大量塑膠垃圾這一點的印象加深了。塔布里奇做了什麼？他用明確、具體的數據來佐證，但有數據還不夠，必須用對比，他以銀河繁星來對比，為什麼要用星星來對比呢？因為我們都曾抬頭看過星星，那是我們熟悉的事物，Boom！印象深刻！

重點整理一下：運用數據讓上台表達更讓人印象深刻，需要掌握三個關鍵：

- 數據要具體明確。
- 數據要有對比。
- 對比的物品必須是聽者所熟悉的。

上台表達的情境如果是商業場合，數據的應用就更加重要，因為數據是客觀的事實，能夠增加表達的說服力，這也代表著所引用的數據一定要事前查證，確保可信度，一旦被聽者質疑不確實，公信力會大打折扣，這點要非常小心。

延伸練習

回想一下國小六年的生活，如果要用一個數字說明這六年的生活，你會用哪一個數字呢？單純只說數字可能會讓人摸不著頭緒，此時可以把支撐點二的說故事五元素加進來，說一個數字背後的故事。如果合適，也可以加入聽者熟悉的對比數據。

你會用哪個數字來代表你的國小生活、並且讓聽者印象深刻呢？

2-4 加入對象感，讓支撐點有連結度，

讀到這邊，你已經知道上台表達有三個重要支撐點（原因、案例和數據），也掌握了運用它們的關鍵（列點、細節、對比），現在，我要讓三個支撐點發揮最大效果、也是最重要的關鍵，那就是「和一句話重點的連結度很重要」；如果我們選擇的原因、案例、數據和一句話重點不相關，或相關性不高，那就是所謂的連結度低，聽者會摸不著頭緒，產生牛頭不對馬嘴的感覺。

例如曾有一位主管在開會時說：「我們本週的任務就是全力支援總公司的海洋淨灘計畫，務必投入全部心力和時間，確保專案進行順利（這是一句話重點）。我們一定要這麼做有三個原因：第一，保持身心健康很重要；第二，和同事聯繫感情也很重要；第三，想想居酒屋的生啤和燒烤。」主管一說完，大家都搞不清楚到底原因和一

句話重點的關係在哪裡？不過所有人都被生啤和燒烤吸引了，開始熱烈討論，支持淨灘的事完全拋諸腦後。

後來，我請教那位主管，保持身心健康和全力支援海洋淨灘計畫的關聯性是什麼？他說：「去淨灘曬曬太陽，暫時離開快節奏的工作步調，不就能讓身心得到舒緩，那就是保持身心健康呀。」我一聽覺得有道理。於是再問：「同事聯繫感情又和淨灘有什麼關聯呢？」主管說：「淨灘時要通力合作，邊撿垃圾就會開始聊天，這不是培養感情的好時機嗎？」我一聽就懂了，於是幫主管補上：「你說居酒屋的生啤和燒烤很美味，是因為淨灘後要去聚餐，犒賞一下辛苦淨灘的自己，對吧？」主管得意地點頭。

原本怎麼也找不到一句話重點和三個原因的關聯性，經主管解釋，忽然就明白了。而這也是我們在表達上經常忽略的地方，沒有將關聯性講清楚，導致一句話重點的說服度變低，甚至沒讓聽者留下印象。

如果意識到連結度的重要性，主管可以說：「我們本週的任務就是全力支援總公司的海洋淨灘計畫，務必投入全部心力和時間，確保淨灘進行順利（這是一句話重點）。這麼做主要有三個原因：第一，大家平時工作太忙，到沙灘上就不再被客戶的電話追著跑，可以放鬆一下；第二，趁著淨灘，大家互相聊天、吹吹海風、交換工作和生活上的心得，培養一下同事感情也很棒；第三，淨灘結束後，我請大家去居酒屋喝兩杯，吃美味的燒烤。」

這樣說是不是和一句話重點的連結度更高了？但這已是連結度最高的表達嗎？不是。還少了什麼呢？少了前面不斷提到的上台表達最高原則——對象感。聽者真正在意的是什麼呢？如果沒有把這點放在心上，連結度都不算高。好，現在我們加入對象感，主管的表達會變怎樣呢？

首先，主管要思考關於放下手邊工作、全力支援淨灘這件事，同仁們最在意的是什麼呢？應該是在意自己原本的工作能否如期完成，以及若支援淨灘，之後是否需要加班或用到自己的休息時間？支援淨灘時，萬一客戶有即時訊息需要聯繫卻無法在第一時間處理，造成客戶不高興，那該怎麼辦？把對象感考慮進去，才是讓人印象深刻的上台表達。因此加入聽者在意的事項後，我們來模擬一下主管的表達內容：

我們本週的任務，就是在確保不影響各自業務進度的前提下，全力支援總公司的海洋淨灘計畫（一句話重點）。我提出三個要點：

一、本週大家辛苦些，進行排班制，確保每天都有人支援淨灘。

二、這次的淨灘計畫會需要各位加班，但我已經為各位爭取到一天半的補休，也就是加班一天，給予一天半的補休。

三、沒有排班的同仁要隨時幫忙接聽電話，並將客戶交代事項詳實記錄，也請所有人告知客戶本週的特殊情況。

最後，大家這週會比較辛苦，等計畫結束，我請大家去吃居酒屋品嘗好吃燒烤，犒賞大家一番。先感謝大家的辛苦了。

經過這樣的調整，大家才會心甘情願地參加淨灘，因為大家在意的事情都受到妥善處理，而這種表達就算是成功的表達。

整理一下關於連結度的重點：

- 一句話重點和原因、案例、數據要有連結度。

- 講者常以為自己的說明有連結度，但其實聽者聽得很模糊，所以將連結的關聯性講清楚很重要。
- 把對象感放進來，思考聽者最在乎的事，再來發想一句話重點、原因、案例和數據的內容，如此一來，連結度會更高。

延伸練習

你看過樹狀圖嗎？如果沒看過，先Google一下網路，你就知道它長什麼樣子。當重點很多時，畫成樹狀圖，可以讓大腦更清楚地發現重點之間的關聯性。從檔案1看到這裡，你已經了解一句話重點配上三個支撐點的概念，可以讓聽者對你的表達印象更深刻，現在試試看，請將到目前為止的重點畫成樹狀圖吧！

設計更有說服力的報告內容

讀到這裡，或許你在準備一個上台報告的主題時已經不會茫然無頭緒，你的腦中會出現幾個步驟：

步驟一：你會選一個特別想說的角度，來和大家報告這個主題。

步驟二：你會用三十字左右設計出聽者容易理解的一句話重點。

步驟三：講給幾個朋友聽，問他們聽完之後腦中出現的圖像，和你畫的圖是否有高度相似性，如此才能確保聽者是否理解你說的話。

步驟四：為一句話重點找到原因、案例和數據這三個重要的支撐點，同時還要讓原因有列點、案例有細節、數據有對比，如此聽者才會印象深刻。

有了這四步驟，我想你的上台報告內容設計就有了基本的樣子，而如果要讓內容更有說服力，那就是表達時的「說話節奏」。

重視且願意花時間練習說話節奏的人，上台的第一句話往往就能抓住聽者的注意力。你一定有過這樣的經驗：聽著別人說話，不小心就恍神，甚至睡著了；很多時候可能不是說話者的內容設計不好，而是他沒注意到說話的節奏。一樣的內容，有注意說話節奏的上台者會讓人聽得目不轉睛，而未注意到說話節奏的上台者則讓人聽得昏昏欲睡。

但說話節奏要怎麼練習呢？一開始先把握一個訣竅就好，那就是「重點停頓」。例如看YouTube時，YouTuber會把重點字放大，於是我們會知道那就是他要講的重點。可是上台表達呢？光用嘴巴說，如何讓人知道現在講的是重點？如果聽者不知道你現在講的是重點，之前的準備都白費了。如果聽者總是聽不到重點（其實你有講，但因為沒有停頓，聽者並未察覺），接下來很有可能開始晃神了。

為了不讓辛苦設計的內容白費，也不讓聽者聽到恍神，我們要學會「重點停頓」這一招。在上台報告時，什麼時候該停頓？時間點就在講重點的「前」或「後」。要停多久呢？也不能停太久，如果停個五秒，聽者會擔心你是不是忘詞了，這樣反而有反效果，最佳時間大約是〇．五秒到一秒，就足以讓聽者知道接下來要講的或剛才講的是重點，於是他們會開始做筆記，我們的辛苦準備就值得了。

以前面主管向同事說明淨灘的一句話重點來看：

> 我們本週的任務（停頓），就是在確保不影響各自業務進度的前提下（停頓），全力支援總公司的海洋淨灘計畫（一句話重點）。我提出三個要點（停頓）……

短短的一句話重點就出現三次停頓，分別讓聽者知道主管要說明本週任務了、以及本週重點是全力支援海洋淨灘計畫、主管要說三個要點。只要停頓，會讓聽者產生接下來要說重點，或剛剛那句話是重點的暗示。學會這招，就能讓聽者更容易聽懂你報告的重點，也就更增加說服力了，對吧。

趕緊學起來，練習在重點的前或後停頓〇．五秒到一秒喔。

檔案3

有好的開始、精彩過程，還要完美ending

你聽過「峰終定律」（Peak End Rule）嗎？這是諾貝爾經濟學獎得主丹尼爾 康納曼（Daneil Kahneman）所提出，他在研究中發現，人們對於一件事物的記憶好壞，取決於處在高峰和結束時的感覺。舉個例子，每次我去逛IKEA總覺得像在繞迷宮，要買個花瓶得九彎十八拐才能到達銷售區，一直到結帳又要走好多路。但結帳櫃檯外面就在賣十元霜淇淋，便宜又好吃，吃上一口，整個心情就好了起來，不知不覺下次又跑去逛IKEA，然後上述的心理感受又重來一次。

峰終效應完美地在逛IKEA的過程中體現；「高峰」是那些漂亮又物超所值的展間和商品，「終點」則是出口賣的十元霜淇淋。由於我在「峰」和「終」的愉快感，抵消了尋找花瓶時九彎十八拐的痛苦。所以整體感受是正面的，因此下次還是會想再去。

峰終效應和上台報告有什麼關係呢？上台報告的「高峰」不容易掌握，但每場報告都一定有「終點」，如果在報告結尾階段用心設計，給聽者留下正面、深刻的印象，也會讓報告加分不少。《經理人》雜誌曾對「峰終定律」下了一個很棒的註解：「在對的時間上用對力，印象分數輕鬆飆高。」（你發現了嗎？《經理人》雜誌也運用了一句話重點！）

上台報告的結尾階段（終點）如何用對力，讓聽者聽完整場報告後的印象分數輕鬆飆高，這就好像去逛IKEA最後來支霜淇淋。因此我們在報告結束前，也給聽者來一支甜甜又好吃的霜淇淋吧！

3-1 簡單，很簡單的第一步

我們希望聽者聽完分享後，在工作、生活中做什麼行動呢？如果那個行動太難、需要耗費很多心力，不管聽者對我們所說的內容有多麼認同、多麼印象深刻，可能都無法轉化為行動的動力，那麼這次的上台表達就沒有產生預期效果。

你想想，如果在IKEA結帳之後要買支霜淇淋又得要繞個二十分鐘的路程，本來雙腿已經痠得要命的民眾就不會去買了。於是終點的美好體驗沒有出現，對於IKEA的購物經驗就沒有加到分。所以愈到結尾階段，想傳遞的訊息就愈要簡單、有力、好吸收，不然聽者是不會買單的。

舉例來說，我是荒野保護協會的推廣講師，常受邀到各級學校、公司行號、公家機關進行分享，每次結束我都希望聽者能產生的行動是減少吃肉類，盡量吃素，因為養殖豬、牛所需的飼料和牧草會造成環境很大的傷害。許多熱帶雨林會遭焚燒夷平，其實是為了種植畜牧所需的牧草。

現在請你想一想，如果我在分享最後請大家從今天開始不要再吃牛肉和豬肉，你覺得聽者配合的意願高嗎？我相信就算聽演講過程中讓他們印象深刻，並且深受許多故事感動和震撼，但要改變的機率還是很低，因為不吃牛肉、豬肉對生活的影響太大了，實在不容易做到。

所以，我每次在分享的結尾都會運用「簡單第一步」這個概念。我會說：「我們沒辦法馬上就不吃牛肉和豬肉，可能也無法一天都不吃牛肉和豬肉，但可以進行一點小小的改變，一起進行『週一中午無肉餐』，只要每週一中午不吃肉就好。你看，這個行動是不是簡單多了？」這就是「簡單第一步」的運用法則。

或許你會問，才一餐無肉有用嗎？我要說的是，如果你不設定簡單的第一步，聽者可能因為改變太難，結果最後什麼都沒有改變。而且如果你曾與一萬人分享，在最理想的狀況下，每週一中午都有一萬人午餐不吃肉，這個影響力也不小啊；而一萬人當中若有一百人發現其實也沒有想像中困難，於是自動延伸為週一整天不吃肉，這不就朝理想更邁進一步了。

有一句話是這樣說的：「人生就是兩步，開始第一步，接著下一步。」就這兩步而已，所以我們先設定一個簡單的第一步，讓聽者嘗試之後，說不定有機會進行下一步。如果沒有簡單的第一步，很有可能什麼改變都沒有，這就白忙一場了。

我常在教師研習營談「教學吸睛技巧」，跟老師們分享讓學生上課專心的方法。我會分享共五十二招的吸睛方法，但我知道五十二招太多了，如果要老師全用在教學中實在太難，很有可能到最後什麼都沒用。這時我會運用簡單的第一步祕訣，在研習的最後這樣說：「請各位老師看這五十二招，依照你的上課風格和班級特性，選三招願意在班級運用的吸睛技巧，回去在教學中試試看。」當只有三招時，那就變得簡單一些了，而有可能老師試過三招之後覺得效果不錯，又從五十二招裡多用了幾招，如此離我的理想又更近一步。這就是我們在報告結尾時，要給聽者的第一支霜淇淋：簡單，很簡單的第一步。

延伸練習

想像你是大三學生，你的大學生活過得多采多姿，還當上劍道社社長；社長每年的第一項重要任務就是在新生入學一週後的社團博覽會，花八分鐘站上講台，向全校新生介紹劍道社。

在你介紹社團的最後，你會如何設計第一支霜淇淋，提供新生很簡單的第一步呢？

你一定會想，簡單第一步就是加入劍道社。但那真的是簡單的第一步嗎？新生知道劍道社辦公室在哪裡嗎？他知道要去找哪位社團幹部嗎？如果他迷路了，有聯絡電話嗎？

如果希望新生加入劍道社，你設計的簡單第一步會是什麼？

3-2 善用三個Yes，讓聽者和自己做約定

我們自己「主動」承諾的事情，通常會比較願意去做，因此如果在報告的最後階段邀請聽者做一項承諾，他們聽完報告後接納想法或行為改變的機會就會提高。

IKEA的霜淇淋就在結帳區旁邊，而且一支只要十元，但必須是你「主動」走過去花錢買才行。如果一結帳完就直接被塞一支霜淇淋，或許有些人反而覺得困擾。

關於讓聽者自己主動做約定，有個好用方法叫做「三個Yes」。以前面提到的環境保育來舉例：

大家是不是都發現大自然真的好美麗？

聽者通常會回應說是（這就是Yes）。

大家也都清楚明白，我們可以多做一點什麼來讓環境更好？

聽者通常會點頭（這也是Yes）。

我們一起試試剛才說的，每週一中午不吃肉，好嗎？

聽者通常又會點點頭（這是第三個Yes）。

有了前兩個Yes，要讓聽者說出第三個Yes就會比較容易，而第三個Yes，就是我們設定好的簡單第一步。

再以和老師們分享「教學吸睛技巧」為例，我會這樣結尾：

大家都同意學生專心聽課是有效學習的基礎，對吧？

老師們點點頭（第一個Yes）。

今天教的五十二招，相信你已經體驗過確實能有效抓住學生注意力。

老師們點點頭（第二個Yes）。

現在我們都選了最適合目前教學情境的三招，大家願意回教室試試看嗎？

老師們點點頭（第三個Yes）。

從三個Yes開始，讓聽者自己點頭同意，就會更有意願接納你所提出的想法，或是在生活中進行改變。但要特別注意的是，雖然希望聽者給出三個Yes，其實他們表達的方式有很多種，包括點頭、內心認同、舉手等，不一定要聽者用嘴巴說出來才算，這只是其中一種表達Yes的方式。

延伸練習

沿用前一個「延伸練習」的情境。身為劍道社社長，你要上台對新生進行八分鐘的社團介紹，目標是讓新生願意加入社團。

你希望最後新生能主動承諾加入，因此想用三個Yes來設計結尾的內容，這三個Yes分別是什麼呢？這裡先幫你列了第一個，另外兩個就交給你了！

第一個Yes：你們都知道我是劍道社社長，對吧？

第二個Yes和第三個Yes？

3-3 運用五感，讓聽者擁有美好的體驗

你一定聽過「人是感覺的動物」這句話，我們之所以會行動是因為被觸動、我們有感覺。

舉例來說，一九九三年，南非攝影記者凱文・卡特（Kevin Carter）拍下了「飢餓的蘇丹」（The Starving Sudan）這張照片，當時非洲內陸國家蘇丹正深陷戰火中，人民幾乎沒有糧食可吃，小孩瘦骨嶙峋，但世人對此一無所知，也不關心，直到「飢餓的蘇丹」出現，舉世譁然，人們開始捐助大量物資進入蘇丹。

為什麼一張照片有如此大的影響力？在此之前，難道沒人透過文章、演說向世界陳述蘇丹的悲慘情況？有的，但文章和演說遠遠不及一張照片帶來的「視覺」刺激。視覺是五感的其中一種，五感刺激讓人有感覺，而感覺讓人們願意行動。

在上台表達的最後，如果希望聽者能夠做決定，並在生活中進行某個行動或願意接納表達者提供的新想法，設計「五感刺激」橋段是個好方法。

視覺：以一張吸引目光又符合主題的照片結尾，會讓聽者很有感覺。

聽覺：用一首扣人心弦又符合主題的歌曲結尾，會讓聽者產生共鳴。

味覺：拿出飲料或食物，在符合主題的前提下邀請聽者一起品嘗，會讓聽者的印象深刻。

觸覺：展現實體物品，讓聽者拿在手中感受，會增加聽者的信心。

嗅覺：在符合主題的情況下，刻意讓現場充滿味道，會讓聽者印象深刻。

透過五感刺激，聽者有了美好體驗，自然就對整個報告的印象分數大大加分。想想看，**IKEA**刻意在結帳區旁邊販賣好吃的霜淇淋，這個做法是在刺激五感中的哪一感呢？

延伸練習

延續前例，身為劍道社社長的你站在社團博覽會的講台上，而你對社團的介紹已經到了尾聲。其實你在構思內容時就已經想到，社團博覽會現場很嘈雜，大家走來走去又容易分心，而且由於是輪流上台介紹社團，學弟妹實在很難記住你是代表劍道社。

所以，你打算最後來個狠招，運用五感刺激讓學弟妹對劍道社印象深刻。剛好社團博覽會在室內舉行，又有音響、投影幕等設備，結尾時間剩下不到兩分鐘了，你會如何設計呢？

3-4 該結尾就結尾，不要歹戲拖棚

很多時候明明講者已經講完，也讓聽者說出三個Yes、做出簡單承諾，而報告時間也快到了，卻又加上幾個重點或想法，導致結尾不像結尾，也減輕了聽者說Yes許下承諾的力道。看看IKEA霜淇淋販賣區，下一站是停車場，吃完霜淇淋就是抵達終點，留下美好的體驗，然後離開。所以，已經結尾就不要再多講內容，那只是畫蛇添足罷了。

但如果講完之後發現還有時間，你可以做兩件事：

第一，開放聽者提問。有些聽者可能有些疑惑或想法，此時可以讓他們提問。

第二，給聽者完全安靜的整理思緒時間。有些時候，聽完並不代表馬上就能整理

出重點，這時給聽者完全安靜的時間，讓他整理一下方才聽到的內容，也有助於對你的表達有更深刻的印象。你可以說：「我們還有兩分鐘的時間，我邀請各位將剛剛聽到的內容整理出三個重點，但請不要交談，因為會影響其他人的思考。這是一段完全安靜的時間，我們開始吧！」

你或許會想，剛才來不及講到的那一段是這次報告非常重要的重點，如果非講不可，那該怎麼辦？其實，若你按照前面提過的上台報告步驟設計內容，你擔心的情況就絕對不會發生。

還記得上台報告要講的第一句話是什麼嗎？就是「一句話重點」，這表示重點在一開始就講了，接下來要運用支撐點說服聽者「一句話重點」的重要性。報告的最後運用「簡單的第一步」、「和自己做約定」或「五感刺激」，讓聽者留下美好的印象，同時願意接受你提出的想法。

你發現了嗎？支撐點和結尾都是圍繞著重點而設計的，所以不會有重點沒講到的情況，只會有「一句話重點」沒有設計好的情況。

你可能又會問，萬一真的沒有設計好「一句話重點」，有些關鍵資訊沒講到，不能在最後補充嗎？非得要該結尾的時候就結尾嗎？我的答案依然是別補充了，就結尾吧！因為就算讓你多說個「一句話重點」，卻沒時間說支撐點，沒時間送給聽者「霜淇淋」，那麼這一句話重點的說服力道也不夠，反而讓聽者混淆，白白浪費了前面留給聽者的好印象。

歹戲或許本來是一齣好戲，因為拖棚了，才讓人覺得是歹戲，該結尾時就要結尾。倘若真是非說不可的重點，還是有很多方法可以傳遞給聽者，例如用電子郵件將內容寄給對方，或者錄成影片上傳到網路，然後把連結給對方……。

好不容易設計出一齣好戲，千萬別讓拖棚給搞砸了！

延伸練習

延續前例（我保證，這是最後一次讓你擔任劍道社社長這個角色了），你知道上台介紹劍道社必須抓準一個重點，善用各種支撐點，最後來個漂亮結尾，這樣在台下聆聽的學弟妹才會印象深刻。但是，你還有許多關於劍道社的重要資訊沒講，這該怎麼辦呢？

當你下台後，如果學弟妹想要了解更多訊息，你可以用什麼方法提供呢？

我舉個例子，像是事先影印好重要資訊的ＤＭ。接下來換你想想看，還有哪些方法呢？

聽者極度抗拒時，關鍵是「同理對方」

「你這想法太荒謬！」「這完全不可行啊！」「我不相信是這樣子！」如果聽者對你的報告有這些反應，代表他們極度抗拒你提出的想法，不過一般人通常不會這樣激烈反應。有一種聽者反應是「無聲的抗拒」，他們會用肢體表現，像是雙手環胸直搖頭、把筆記本蓋起來直搖頭、兩人互看直搖頭、嘆口氣直搖頭、表情凝重直搖頭……，你在台上看到這種反應，心裡難免受到影響，甚至連接下來要講的內容都忘了，反而讓其他沒那麼反對的人聽到一場亂糟糟的報告。

遇到這種極度抗拒的聽者，正在報告的講者可以怎麼做呢？首先一定要理解，要一個人改變，他會焦慮和抗拒是正常的。就像你希望一個胖子減肥，原本他每餐要吃三大碗白飯，但你沒有任何徵兆和解釋，也沒有任何心理建設，一下子就讓他每餐只能吃半碗白飯，他絕對會極度抗拒。

上台報告也是一樣，當聽者聽到一句話重點時，其實他內心抱持著懷疑和抗拒，而支撐點就是在減緩這種反應。但支撐點的力道有可能不夠，例如你提出的一句話重點和聽者的立場不同，你認為投資才是致富之道，聽者認為儲蓄才是致富之道，或者你認為學校應該讓外送進入校園，聽者認為外送不能進校園……面對這種情況，應該採取的方法是同理對方，接納他的意見；接納不代表接受，也不代表認同，但是不接納就無法拉近和對方的心理距離，對聽者而言，這場報告就只是一場激烈的內心拉扯戲碼而已，一點幫助也沒有。

你可以這樣說：「我了解你的想法了，確實有時候會如你所說……」或者：「你的想法也有道理，尤其是在某些情況下真的會像你所說的……」當你用這樣的方式回應時，對方會覺得你理解了他的想法，抗拒的心態自然就會降低，也比較能思考你的支撐點。

有一次我去某大學和教授們分享「教學吸睛技巧」，這場研習的一句話重點是「教學時，掌握抓住學生注意力的方法，會讓學生更專注，學習效果更好」。但研習開始沒多久，我就看到許多教授埋首在筆電裡，也有人低頭用手機或閉目養神，更有人簽到後就離開。從這些肢體行為可以知道，教授們內心其實非常抗拒這個主題，而這時候假如我說：「請大家抬起頭來認真聽，身為師長，參加研習時自己都不認真聽課了，又如何要求學生專心聽課呢？」那就是一種針鋒相對的互動方式，保證教授和我的心理距離一定又離得更遠。

所以，我打算運用同理對方、接納對方的互動方式。我講完一句話重點，就問在場所有教授是否覺得抓住學生注意力很重要。時間安靜了三十秒鐘左右，有位教授舉手了，他說：「都已經大學生了，我覺得要不要專心上課是他的選擇，我的職責是準時上課，按時下課，按照進度把該講的內容分享給學生。至於他們愛聽不聽，我沒意見，還要抓住他們注意力，我又不是他媽，何必呢？」語畢，有些教授跟著附和，看來很多人都抱持這個看法。

我回應道：「的確，我們的角色和國高中老師不太一樣，他們的任務是教學，而我們的任務更多是研究。」這句話一講完，許多教授大力點頭。我接著說：「加上大學又不是硬性規定一定要念，是學生自己選擇的，也是他們自己選的課，應該為自己的選擇負責，要不要專心上課，這是他們要決定的事。所以我這堂課根本搞錯對象了，我應該去學生餐廳（那時剛好中午用餐時間）對著大學生說才對。」更多教授點頭了，他們一定心想：「對啊，對啊。這堂課就應該讓學生來聽。」說到這，乍看之下，我好像拋棄了自己想表達的重點，完全站在教授那一方，但要注意的是，我只是說出教授的想法，讓他們懂我了解他們，就讓許多教授點頭表示贊同，這可是研習開始到現在教授與我距離最近的一刻啊。

我接著說：「或者我們更改一下這次上課的主軸，讓我們每次上課都能因為學生的反應而開心一點，最起碼不會讓情緒變糟。就算再怎麼覺得上課專心是學生的責任，但上課時問一個問題，底下冷漠一片，或者上課不到五分鐘，底下睡成一團，我們心裡或許不會難過，但絕對不會開心吧！只要運用簡單的技巧，讓您問問題時可以得到學生的回應，學生上課時不會睡著，考試時也能言之有物。請放心，這絕對不影響您原本的教學方式，只是中間加入一些簡單的吸睛技巧和概念而已，我們可以朝這這個目標努力嗎？」

神奇的事情發生了，當我講完後，許多教授都表示願意聽聽看。如果你認真比較一下，我在研習一開始的一句話重點，和同理、接納教授想法後的一句話重點，基本上概念是一樣的，只是換句話說而已，不過因為多了同理與接納的步驟，反而降低了他們的抗拒心，而願意開始聆聽我的想法。

或許你現在上台報告都還不會遇到極度抗拒的聽者，但是記得，當你遇到時，千萬不要針鋒相對，要同理接納，整合出雙方都能接受的角度，繼續報告下去。

要特別注意的是，有時聽者只是表情顯露極度抗拒，但並未大聲說出來，此時你要主動暫停報告的進度，透過提問了解聽者的想法，進行接納和同理。如果不聞不問，聽者根本聽不進去你的報告，對他來說就是浪費了。

檔案4

愈說愈好的關鍵訣竅

你有過這樣的經驗嗎？明明很認真準備，但上台報告的表現還是讓自己非常失望，甚至懷疑自己是不是天生不適合上台？

讓我先分享一件事。我五歲的兒子很熱衷學騎腳踏車，也就是沒有輔助輪的那種，但每次腳離地不到兩秒就跌倒。關鍵來了，你覺得他會賭氣說不騎了，還是含淚繼續練習呢？身為爸爸的我在旁邊鼓勵他：「不錯喔，這次多撐了兩秒才跌倒。」更重要的是，他每次跌倒而我鼓勵他之後，就會問他：「想想看，剛剛有什麼地方可以做些調整，讓下次騎得更久？」他含著眼淚、歪頭想著：「腳要踩得更快、把手要握得更緊……」這樣的提醒讓他每一次跌倒，就會思考要如何改進。

上台報告也是如此，一開始一定常常講不好，即便準備很久，一上台很容易因為緊張而搞砸，關鍵是每次搞砸、懊惱一段時間後便問自己：「有什麼地方可以調整呢？」一次只要調整一個小地方就好，慢慢地，你也會成為上台報告的高手。

但為什麼掌握了前面所說的關鍵訣竅，上台依然說不好呢？這是很正常的，只要每次都進行滾動式修正就好。接下來就要和你分享，怎麼樣愈說愈好的關鍵訣竅。來，打開檔案吧！

4-1 每一次上台，都是下一次上台的養分

當你掌握了練習的方式，接下來就是上台的勇氣了。很多人可能因為有過不好的經驗，導致害怕上台，但之所以會擔心、害怕，就是因為你想要有好的表現，因為害怕表現不好，所以不想上台。

我想分享我人生第一次上台的故事，那是小學五年級的暑假，我參加了環保小尖兵營隊。五天四夜活動的最後一天下午，隊輔們要每一隊派一位隊員上台分享這幾天的心得，每一個分享都會評分，分數最高的前三名有獎品。我很想要獎品，更想要上台，因為我很享受上台的樂趣，於是主動爭取代表小隊上台分享。

為了進行準備，我沒吃午餐也沒睡午覺，就一個人構思著要分享的內容，然後一直練習。到了下午，我順利說完了內容，覺得自己說得棒極了，應該會得到第一名。

結果公布成績時，我竟然連前三名都沒有。我很難過也很懊惱，不懂為什麼會這樣，於是回家之後又把上台講的內容對著爸爸說一次。爸爸聽完後說：「人家希望你分享這幾天營隊的心得，你只講隊輔大哥很帥、隊輔大姊很美，既沒講到自己的想法，也沒講到隊員的心得，完全和主題不符，難怪沒得名。」這一提醒，我立刻知道自己犯了什麼錯，沒有意識到「對象感」的重要性，聽者要聽的是營隊心得，我卻盡講著隊輔大哥、大姊的事，沒得名也是理所當然。

這次教訓讓我刻骨銘心，接下來每次上台，我都會謹記要把對象感放在心中，要意識到聽者最在乎的事。但我要說的並不是在這次上台學到的經驗，而是因為上台，才會有「刻骨銘心」的經驗。

對，就是刻骨銘心！只有真正上了台，感受到那種緊張、害怕、興奮的現場氛圍以及眾人的目光，不管講得好與壞，都會讓人刻骨銘心，而這些經驗都有助於下次上台時進行改進。如果你只是看別人上台、聽別人說，台上所犯的錯及經驗領悟都是別人的，你的刻骨銘心得靠自己創造。

所以，上台代表的意義就是「下一次上台會更好」，就這樣而已，別想著這一次上台就會是最完美的表現，不僅不切實際，也會讓自己的壓力太大，導致最後不敢上台。要告訴自己，上台就一定有需要改進的地方，這次上台的刻骨銘心，就要用來讓下次上台更好。

我常在課程中對學員說：「準備好內容，有機會就一直上台。當你上台十次，代表你找到十個以上可以改進的地方，而且你會刻骨銘心，知道下次上台有哪些地方要調整；你上台十次，代表你的第十一次會比前面十次更好。」

假設一種情況：有個人叫大德，另一人叫小華，兩人是很要好的大學同學。大德很熱衷於練習上台報告技巧，小華卻總是害羞不願意上台。大學四年過去了，兩人大學畢業後，都被同一家公司錄取。上班一個月後要進行第一次工作彙報，大德把這一個月來的工作重點、進度、優缺點和心得講得清楚明白，讓主管印象深刻；而平常缺乏上台報告經驗的小華的報告則讓主管抓不到重點。會後，主管要求小華要向大德學習如何做個有重點的工作彙報。

工作彙報結束後，小華來向大德請教準備的方法，如何能把重點說得清楚而深得主管讚賞。這時大德把《表達吸睛》這本書給了小華，並說：「只要運用書中的方法，就能進行一場有重點的工作彙報。」

你認為小華看完這本書後，在下個月的工作彙報中就能順利獲得主管讚賞嗎？我認為就算小華按照這些祕訣努力準備，但下次彙報依然不會比大德順暢。為什麼？因為小華幾乎沒有上台經驗，而大德在大學時期可能已有三十次以上的上台經驗了，這些都會是大德的養分。所以每一次上台，都會讓下一次上台更好。

每一次的上台經驗，都是下一次上台的養分。這只能實實在在地累積，就算看書、聽別人說都沒辦法幫到你。在上台那種極度緊張的情況下，會有刻骨銘心的經驗，可以讓你記得哪些地方需要調整和注意。你必須常上台，因為這樣才能讓下一次的表現更好。

延伸練習

回想你最近一次的上台經驗，不管是很棒的經驗還是很恐怖的經驗都可以，然後找出你覺得下次可以調整改進的地方，把它寫下來。

我上一次上台報告的主題是：＿＿＿＿＿＿。

我覺得上次報告的優點有：

一、＿＿＿＿＿＿

二、＿＿＿＿＿＿

三、＿＿＿＿＿＿

我覺得下次報告可以表現得更好的部分是：

一、＿＿＿＿＿＿

二、＿＿＿＿＿＿

三、＿＿＿＿＿＿

你知道嗎？只要每次上台結束後都這樣寫下來問自己，就是把每次上台都當成一份禮物送給自己了。

有一天，你一定會成為上台報告的高手！

4-2

練習，關鍵是練習的方式

人生中一定會有幾次超級重要的上台報告場合，我們期待能在這些重要場合到來之前就已經有足夠的上台經驗，並從中學習和成長。但如果想在重要場合中提升報告成功的機率，可以怎麼做呢？

那就要在練習的方式下苦功了。

我看過很多人的練習方式就是坐在書桌前，拿著設計好的內容不斷地在心裡默唸。事實上，這樣的練習效果很有限，就算唸了一百次，一旦上台還是很容易吃螺絲，依然不知道雙手應該擺在哪裡，依然很容易忘詞。

為什麼會這樣？因為練習時的場景和實際上台差太多了。

練習的關鍵是「擬真」，意思是上台時的情境是什麼樣子，練習時就盡量模擬該情境來練習，愈能夠模擬正式上台的狀況，就愈能在正式上台時不怯場。

假設正式上台的情境是底下坐著不少聽眾，你拿著麥克風，不能看稿子，一人在講台上發言三至五分鐘。我們來回放一下剛剛練習的方式：坐在書桌前，拿著設計好的內容不斷地在心裡默唸。首先，「坐」就不夠擬真了，因為正式上台時是「站」著說話；接著，「在書桌前」也不夠擬真，因為正式上台時「沒有桌子」；然後「拿著稿子」也不夠擬真，因為正式上台時是「不能帶稿子」，你手裡拿的應該是麥克風；最後，「在心裡默唸」也不夠擬真，因為正式上台必須「大聲說出來」。

這就是為什麼按照舊有的練習方式，就算練習一百次，上台依然有極大機會表現不好，因為練習的方式離正式上台的情境差太多了。按照擬真的上台演練方式，你應該找一面鏡子，穿上和正式上台時相近的服裝，然後拿著一只寶特瓶，在不看稿的情況下大聲說出內容。

為什麼需要鏡子呢？因為鏡中的自己就好像台下的聽眾，會更有臨場感，同時你也會注意到自己有沒有時常看著鏡子，就像在台上時的目光是否常常看向聽眾。記得還要計時，確認自己究竟說長了還是說短了。這種擬真的練習方式再加上練習次數，才能在正式上台時提升精彩表現的把握度。

我在二〇二〇年時，有幸接到靜宜大學邀請，前往該校的TEDx分享。對我來說，**TEDx**就是一個超級重要的上台報告場合，它是一個分享自己想法的絕佳舞台，而且演講內容還會被上傳到影音平台，很多人都看得到，如果講得好，一下就會被許多人看見。

既然我認為這是很重要的報告場合，就更要「擬真」練習。在房間看著鏡子、拿著寶特瓶不看稿子大聲練習，是等級一的擬真演練，而我還要進行等級二的擬真演練，那就是「實地」演練。我事先詢問主辦單位可能的聽眾人數，得知大約會有一百人；我當然不可能去借學校演講廳練習，於是我借了其他場地，然後問朋友是否有興趣來聽。很高興有將近兩百位朋友願意共襄盛舉，但主辦單位不是說一百多人嗎？練習時來了將近兩百人，不就不夠擬真？

別忘了，上台的意義就是讓下一次上台可以更好。所以，連擬真演練都不應該只有一次，要給自己有調整的機會。我在TEDx正式上台前，先在台北辦了一場擬真演練，當時前來聆聽的朋友給了我超多建議，整整寫滿兩塊大白板，我真是太開心了。然後我再根據建議進行修改和調整，到台中再來一次等級二的擬真演練。朋友的建議又寫滿了兩塊大白板，同樣再進行調整和修改，接下來就是正式上台了。

那麼，上台的表現如何呢？我認為自己已經把想講的內容都很有把握地講出來了。我想，這就是事先做好充足「擬真」演練的結果。

重點整理一下：拿著稿紙坐在椅子上，在腦中模擬演練的方式，離正式上台的情境太遙遠了，卻是我們很常運用的練習方式，難怪就算練習了很久，上台依然常常卡住。要運用擬真演練這個訣竅有兩個等級，等級一就是自己在房間裡擬真演練，等級二是模擬上台情況，邀請朋友，租借場地，進行演練，然後調整練習方式，才能提高正式上台報告的掌握度。

延伸練習

你下一次的上台報告會是什麼場合？有多少人會來聽？聽眾是排排坐，還是像在會議室一樣圍著一個圓桌而坐？你有多少時間可以報告？

掌握這些資訊後，設計一場等級一的擬真演練吧！你會怎麼設計呢？（請把想法寫下來。）

4-3 面對超時，掌握刪減原則

如果你上台表達的時間是五分鐘，但練習時發現用了九分鐘，這時你要誠心感謝自己做了擬真練習，因為上台前發現時間超過預期，就有機會進行內容調整。哪些內容是可以刪減呢？請把握以下兩個原則：

一、一句話重點不能刪減。

二、聽者愈在意的原因、案例或數據，愈要保留。

第一個原則沒有懸念，因為如果一句話重點都刪掉了，就算有精彩的原因、案例、數據也只是沒有靈魂的軀殼，所以一定是從原因、案例或數據開始刪去。舉例來說，如果聆聽者是你的主管，他非常在意數據，認為數字會說話，總是用數據做決策，那你一定要保留數據，案例或原因就可以刪除；如果聆聽的對象是大學生，他們對故事很有共鳴，這時就要保留案例，而原因和數據可以刪減。

如果我今天要用兩分鐘向高中老師推薦《表達吸睛》這本書，我會這樣設計：

首先，我會用一句話說明，為什麼這本書值得推薦給學生，因為表達力可以讓學生的未來更有影響力，而這本書會教導他們必備的技巧（一句話重點）。主要原因有三：第一，這是個人工作者興起的時代，未來必須具備能行銷自己專業的能力；第二，這是一個專案合作的時代，每天和不同夥伴合作、一起進行計畫是常態，而你需要不斷和夥伴報告你的想法；第三，這是一個網路平台興盛的時代，你能在網路表達自己的想法，就有機會被看見，進而獲利（支撐點一）。

我舉一個發生在我身邊的真實例子：我有位學弟十分關心動物權益，長期茹素，他希望可以影響更多人茹素。在他還沒學會上台表達技巧之前，他每次的分享都讓聽者無動於衷。後來，我跟他談了上台表達的技巧，他的分享開始讓聽眾產生共鳴，許多學校和非營利組織開始陸續邀約，現在一年有上百場的分享報告。如果沒有表達技巧的學習，他要達成今天的影響力，可能需要更多時間（支撐點二）。

最後，我想用一個數據，向各位老師說明有好的表達力的重要性。當一個人站上台說話，你知道聽者聽了多久時間卻依然聽不到重點時，就會開始分心去想其他事情？答案是六十秒。也就是每個人上台都有六十秒的機會，講得好就能得到聽者更多的注意力，這本書就是要和學生分享如何講好第一個六十秒，讓接下來所講的內容都讓聽者印象深刻（支撐點三）。

我們都認同表達力很重要（點頭），也都同意學生應該練習表達能力（點頭），這本書就是學生練習表達最好的工具書（結尾「三個Yes」）。

以上是我要和老師介紹《表達吸睛》這本書的內容設計，但實際練習時發現，我得花五分鐘才說得完（我只有兩分鐘可以分享），這時就必須進行內容刪減。

根據前面提到的兩個刪減原則，第一個原則是一句話重點不能刪，所以「表達力讓學生的未來更有影響力，這本書教學生重要的表達技巧」這句話不能刪除。第二個原則指出「聽者愈在意的原因、案例或數據，愈是不能刪除」，這次的聽者是高中老師，他們最在意哪一個呢？我覺得他們特別在意六十秒是聽者願意給上台者的聆聽時間，因為這也能幫助老師平常訓練學生表達技巧時的依據；再來可能是案例，老師聽到有人曾經運用此方法得到很棒的成果，就會更放心地推薦學生閱讀此書，所以案例也應該保留；至於原因，老師們可能都知道個人工作者時代、專案工作時代和網路時代來臨這件事，所以這不一定會是他們在意的內容。由此可以確定，如果因為時間超過而須刪除部分內容，優先刪除的部分是「原因」。如果時間還是超過呢？我認為老師們會更想要聽到真實案例，所以我會選擇刪除「數據」，留下「案例」。

這就是我遇到超時決定刪減內容的思考過程。練習時，發現超過預計時間是常見的狀況，所以明白這兩個刪減的大原則，有助於你有方向且有效率地調整內容。

換個角度看，如果練習時發現準備的內容遠比預計上台的時間還短，這時勢必要增加內容，對吧？增加內容也有兩大原則：

一、不輕易增加一句話重點。

二、先以增加聽者在意的原因、案例或數據為主。

為什麼不輕易增加一句話重點呢？因為這違反了「只能說一個重點」的祕訣，三至五分鐘的上台表達就變成有兩個重點了。即便增加一個重點後仍然能在時間內講完，但是聽者對於內容的印象可能就不深刻，因為大腦的短期記憶無法接收那麼多的資訊。

所以，還是要先以第二個原則為主。但要注意連結度，以聽者在意的內容為關鍵來增加內容，這是非常需要注意的事，因為第一波設計的內容，應該就已經把聽者在意的原因、案例和數據設計進去了，如果因為時間不夠而要繼續增加，可能會不小心增加到連結度不高的內容，反而降低了表達的說服力。

延伸練習

又到了年末時刻，每個部門都要推派一位同事，在全公司面前分享這一年的工作重點和心得感想。你受到主管委以重任，代表部門上台報告。你認真地準備內容，但就在上台前一週，得知每個人的報告時間從原本的十分鐘縮短為五分鐘。這下你傷腦筋了，到底要從哪方面開始刪減內容呢？你會如何重新編排內容？

以下給你兩個提示：

一、老闆平常比較喜歡聽案例還是數據呢？

二、其他部門的報告者通常會以案例或數據為主要報告內容？

4-4 上台不緊張，你需要刻意練習

「老師，你上台前會緊張嗎？怎麼樣可以不要緊張呢？」

其實，就算是幾乎每天都要上台的我（可能是上課、演講或主持會議），上台前還是很緊張的。所以，問題不是如何不緊張，因為這是人之常情，而應該想：如何在緊張時依然有水準以上的表現。也就是不要只想著要消除緊張，而要想著如何和緊張共處，依然精彩地呈現報告內容。

如果從這個角度思考，那我就很有經驗了，因為我每天都在努力和緊張共處，讓我的上台表達能正常發揮。

接下來從兩個角度分享如何與緊張共處，角度一是「短時間練習和緊張相處的方法」，角度二是「長時間練習和緊張相處的方法。」

我們先從角度一開始吧。

通常上台會緊張，都是因為希望自己能有好表現，但反過來說，就是擔心上台表現不好。如果不在乎上台的表現好或壞，那就根本不會緊張了，只是隨便講兩句就下台。所以，知道了緊張的原因，那麼上台前的擬真練習就可以有所準備了。

我把這個方法稱為「掃地雷」。想想看，上台講了什麼話、做了什麼行為讓你覺得就像踩到地雷般會爆炸，而且後悔莫及？把它們記下來，然後在練習時不斷提醒自己不要踩到這些地雷，就好像先行掃除一樣。經過多次練習，當你準備上台又感到緊張時，可以告訴自己：「我已經把地雷都掃除了，上台一定沒問題。」這樣會讓心情舒緩一些。

我每次在為上台報告練習時，都會依照不同的場合列出五個一定要掃除的地雷。以最近一次上台為例，我所列出的五個必須注意的事情如下：

一、要有微笑。

二、咬字要清晰。

三、眼神要看向聽者。

四、不要有冗詞贅字。

五、手不要亂揮。

列出自己上台要注意的事情有兩個好處：

一、擬真練習後，可以透過錄音或錄影觀看自己有無踩到地雷，因為除了確認內容是否講得順暢外，還可以鎖定這幾個需要特別注意的地方，進行有效率的調整。

二、擬真練習時，會不斷注意這五個你認為應該注意的行為，再加上寫成文字可以提醒自己，讓你在極度緊張的情況下，依然能靠本能避開地雷，這就是短時間內能和緊張共處的好方法。

接著來看角度二的「長時間練習和緊張相處的方法」。這個方法稱做「提升自我效能」，舉個例子說明一下。

有四個大學一年級的學生，他們分別是拉丁人、猶太人、美國人和蒙古人。他們在大學畢業後都能得到一筆錢，但必須到世界各地去做生意。你覺得哪一個人三年後做生意成功的機率比較高？相信很多人的答案是「猶太人」。為什麼？這就是「自我效能感」在發揮作用。

假設猶太人名叫木德。猶太人崇尚經商，認為貿易技巧非常重要，所以木德從小跟著爸爸、叔叔四處經商，邊看邊聽邊學，慢慢地習慣了一些貿易經商技巧。因為身邊的人都在做這件事，等到木德長大、輪到他從事商業活動時，也就不會那麼緊張了，這就是自我效能感中的「替代經驗」法則，意思是透過觀察、模仿，然後開始產生熟悉感，等輪到自己去做時，也就不會那麼緊張。

接著，猶太人因為崇尚經商技巧，所以會訓練自己的小孩學習經商之道，在孩子未成年時就給他一筆錢，讓他自行批貨和銷售。其他民族的孩子可能會害怕地不敢接受任務，但猶太人的小孩從小觀摩學習，覺得是再自然不過的事，如果他批的貨又賣得很好，賺到了錢，他就更有信心進行下一次貿易，就這樣一步一步成為厲害的猶太商人。這就是自我效能感中的「成就表現」法則，即過去如果有成功經驗，就比較有信心可以完成任務。

但木德有沒有可能第一次獨自做生意就失敗了？當然有可能，但別忘了，他的家族長輩都是經商老手，重點是如何從失敗中學習經驗，提升下一次的成功機會。所以當木德的第一次經商以失敗收場時，長輩們就會給他言語和行動上的激勵，等他恢復信心，還會給他最中肯的建議，讓他有勇氣再嘗試一次。這也是自我效能感的發揮，即「言語說服」法則——透過他人的口語告知或激勵，使自己願意相信有完成某項任務的能力。

而經過這一長時間的練習，木德對於經商漸漸地已經不再那麼害怕，情緒變得穩定，想到接下來的經商之旅，期待的情緒已經超越緊張的情緒，這是自我效能感的最後一個法則——「情緒激發」法則。

從木德的例子，我們了解到自我效能感的四大法則，這一路走來，的確是一段長時間練習和緊張相處的方法。

回到上台報告如何和緊張共處的方法，長時間的訓練方式就是「提升自我效能感」，我就用四個法則來說明：

- **替代經驗：**多聽演講，多參考網路上其他人的上台表達，像是TED的演講都很經典。多看多聽、模仿學習，對增強自己的信心是很有幫助的。

- **成就表現：**不管是擬真練習，還是爭取機會上台報告，累積成功的經驗也會提升自信喔。如果你還是學生，真心建議你在學生時代努力爭取上台報告的機會，因為每一次的報告都能幫你累積成就表現，讓你之後上台更有自信。我常看到許多同學寧願幫小組其他成員搜集資料、製作簡報，以換取不用上台，這是很可惜的事，因為不管你怎麼逃避，一輩子一定有好幾次重要的上台報告機會，如果學生時代都沒有相關經驗，等到重要上台報告的場合，緊張到表現失常的比例就會大大提升，因為學生時代的每一次上台，都是一次擬真練習。

- **言語說服：**要找到願意聆聽你擬真練習、給予中肯建議，並在你表現不佳、心情沮喪時會激勵你的人。或許當你正式上台時，他無法在你身邊，但你的每一次擬真練習都應該邀請他，並請他給你最真實的建議。

- **情緒激發：**如果學生時代就不斷累積上台經驗，成功時累積自信，失敗時有人給予建議和鼓勵，長時間下來，你對上台的期待就會大過緊張，那時緊張感就很難影響你的表現了。

你上台會緊張嗎？短期和長期和緊張相處的方法，都值得你試試看喔。

延伸練習

你上台會緊張嗎？請用角度一寫下五個你上台一定不能踩到的地雷。想想看，你的地雷是什麼？

輕鬆聽懂報告重點，關鍵是善用標籤詞

逛大賣場時，可以發現天花板上懸吊著各種標示牌，例如「衛浴用品」、「五金雜貨」、「泡麵罐頭」等，這就是標籤詞，消費者只要看到這些標籤詞，就知道這一區在賣什麼東西；透過標籤詞，我們的大腦知道接下來會看到什麼、聽到什麼。

上台表達也是一樣，我們要幫內容加上標籤詞，這是對聽者的一種貼心舉動，而換得的就是聽者對你的內容印象深刻。但是，標籤詞要加在哪裡呢？

第一個當然就是「一句話重點」了。

回到前面提到自我介紹的情境。如果我在老婆公司的尾牙場合對同桌的人這樣自我介紹：「大家好，我是培祐，我熱愛吃麻辣鍋，也研究麻辣鍋，各家各店的麻辣鍋幾乎都吃過，也都寫成了食記，有興趣的朋友可以多交流。」我一開場就說完了一句話重點，但大家可能聽過就算了，不會留下深刻印象。

如果我加入標籤詞：「大家好，我是培祐，我用此生最愛的興趣來和大家交個朋友（停頓一下）。我熱愛吃麻辣鍋，也研究麻辣鍋，各家各店的麻辣鍋我幾乎都吃

過，也都寫成了食記，有興趣的朋友可以多交流。」

「我用此生最愛的興趣來和大家交個朋友」，這就是標籤詞，有了它，聽者心裡就知道接下來要聽到的是我的興趣，也會因為好奇而專心聽。要特別注意的是，講完標籤詞一定要停頓約〇·五秒，因為要讓聽者的大腦消化一下，才能預備好要聽接下來的內容。

標籤詞並沒有固定的用字，只要能達到預告效果就是好的標籤詞，常用的一句話重點標籤詞有「我要用一句話來說明」、「關於這主題」、「如果用一句話來說就是……」、「我想說一個最重要的重點」等。

一句話重點之後就是三個支撐點，以一個每週工作彙報的案例來說明。

這是週一的早晨，業務組五名組員照例開會，簡單分享過去一週的業務狀況後，每人要用三分鐘的時間說明這一週的業務規畫，由同事A先開始：

各位早安，這一週的業務規畫，我要聚焦在一個重點（停頓一下）——全力拜訪舊客戶，了解舊客戶有無新需求，並做好建檔工作（一句話重點）。

為什麼會這樣規畫，有三個原因（停頓一下）：第一，有許多舊客戶已超過半年沒聯繫；第二，舊客戶原本就有足夠的信任度，如果及時知道他們的需求，交給我來處理的機會更大；第三，我已經整理好他們的地址和聯繫方式，進行起來不會太難。

關於經營舊客戶的成效，我想分享之前聽到的前輩案例（停頓一下）。上週我和一名業務前輩吃飯，他說他整個業務生涯中把時間花在經營舊客戶關係的比重，遠比開發新客戶還多很多。但舊客戶從來不會讓他失望，因為只要服務夠好，信任感會不斷累積，而信任累積到一定程度，舊客戶就會幫忙介紹。所以努力經營舊客戶，就能透過轉介而一直有新客戶，這是一個正向循環，前輩的經驗分享給了我很大的啟發。

最後，我還發現三個驚人的數據（停頓一下）：第一，比起留住舊客戶，獲取新客戶的成本要高出五倍之多；第二，既有客戶再次購買的可能性達七〇%，新客戶購買的可能性低於二〇%；第三，目前只有不到二〇%的企業注重舊客戶的經營。

從上述同事A的報告，我們來看一下標籤詞：

- **開場標籤詞：**這一週的業務規畫，我要聚焦在一個重點。
- **原因標籤詞：**為什麼會這樣規畫，有三個原因：第一……第二……第三……。
- **案例標籤詞：**關於經營舊客戶的成效，我想分享之前聽到的前輩案例。
- **數據標籤詞：**我還發現三個驚人的數據：第一……第二……第三……。

還是那句話，標籤詞沒有固定用字，只要能達到預告效果就好。上述的標籤詞都沒有固定用字，都可以換，有了標籤詞，聽者大腦接收到的就是一句話重點、三個原因、一個案例和三個驚人數據；如果沒有標籤詞，聽者大腦接收到的則是幾百個字的內容。這兩種不同的內容格式，你覺得哪一種能讓聽者對內容印象深刻呢？

同事A的報告沒還結束，因為還有最後一段沒講，那就是結尾。他是這樣說的：

所以，我再重複一次本週的工作重點當做結尾，我會全力拜訪舊客戶，了解舊客戶有無新需求，並做好建檔工作。

聽到這句話，就知道報告到了尾聲。有些人上台表達，說完了大家都不知道你說完了，透過標籤詞，可以預告你即將報告完畢，還能化解聽者不知道你已說完的尷尬局面。

常用的結尾標籤詞有「最後，我用這段話做結尾」、「最後，我想再次重複重點」、「我想以這句話作為結尾」。你發現了嗎，都有「最後」或「結尾」這樣的字眼，這就是要預告聽者，我們的表達將告一段落，或者這一段重點的表達要結束了，將開始下一個重點的闡述。

在原有的一句話重點、三個支撐點、完美結尾的內容架構下，再加入標籤詞，立刻就讓聽者輕鬆聽懂報告重點。

一號資料夾懶人包

「1-3-1-4」上台報告法

看完了一號資料夾，你知道自己讀了多少字的內容嗎？超過三萬字！如果整理成懶人包，就是一個好記的口訣：「1-3-1-4」上台報告法。

1：一句話重點，要記得在三十字左右，以完整句子呈現，讓人一聽就懂。報告一開始就先說出一句話重點，會讓聽者印象深刻。

3：三個支撐點，分別是「原因」、「案例」和「數據」，其中原因要列點、案例要細節、數據要對比，這樣聽者才會印象深刻。

1：一個結尾，要善用IKEA的霜淇淋策略，讓聽者在結尾感到滿意，就會對整個報告也感到滿意，方法是：簡單的第一步、讓聽者和自己約定以及運用五感刺激。

4：四個讓表達更有說服力的元素，分別是：

- 對象感：在設計一句話重點時，記得要連結到聽者的「快樂」與「痛苦」。
- 連結感：一句話重點、三個支撐點和一個結尾，彼此的連結度要很明顯，「因為……所以……」必須清晰明確，如此聽者才容易聽懂。

●擬真練習：練習愈擬真，上台時的把握度就愈高。別讓認真設計的內容白費了。

●善用標籤：一句話重點、三個支撐點和結尾都要設定標籤，聽者就會聽得更輕鬆了。

最後，以一張流程關係圖呈現「1-3-1-4」上台報告法，幫助你理解與記憶。

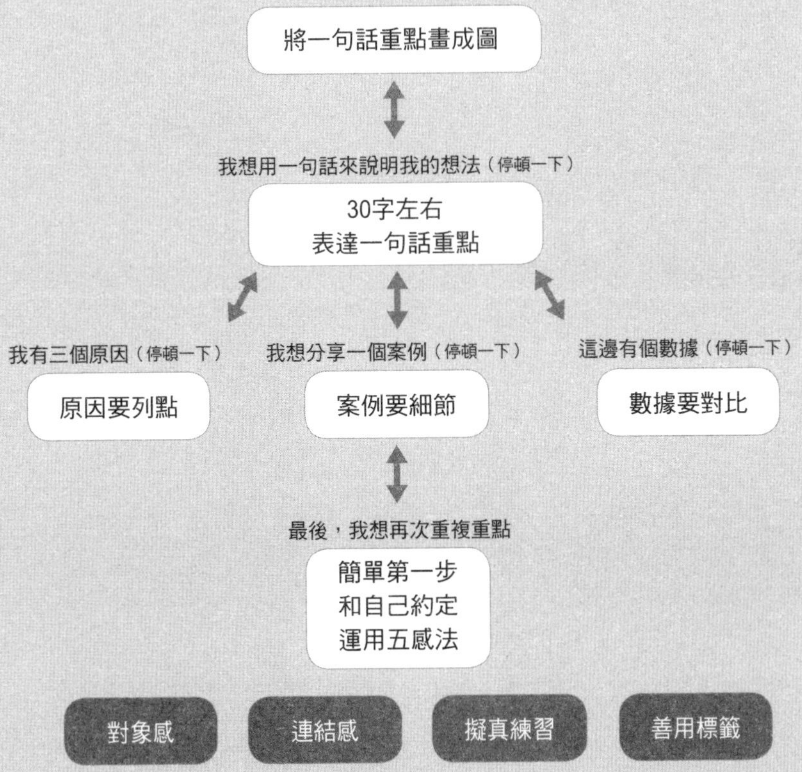
將一句話重點畫成圖
我想用一句話來說明我的想法（停頓一下）
30字左右
表達一句話重點
我有三個原因（停頓一下）
原因要列點
我想分享一個案例（停頓一下）
案例要細節
這邊有個數據（停頓一下）
數據要對比
最後，我想再次重複重點
簡單第一步
和自己約定
運用五感法
對象感
連結感
擬真練習
善用標籤

二號
資料夾

小組合作
上台表達的訣竅

我的大學導師曾說過：「大學四年，你們會有許多合作上台報告的機會，我奉勸你們最好不要和同學合作做報告，做不好就算了，小心連朋友都沒了！」哇！這句話的警告意味濃厚啊，透露出三個重要訊息：一、小組合作上台報告的機會很多；二、小組上台報告是需要技巧的；三、如果沒有掌握小組報告技巧，組員間的摩擦和衝突會很多。

我常問很多人，一個人做報告比較有效率，還是一群人比較有效率？乍聽之下會覺得一群人的力量比較大吧？但出乎意料的是，許多人都說一個人做報告有效率多了，因為一群人不僅意見多、沒效率，還可能讓自己受委屈，常常聽到有人抱怨：「每次開會幾乎都比預定時間晚了五到十分鐘，我都不知道下次該不該準時……」「他們實在很機車，我不過是遲交了資料，有需要罵得那麼難聽嗎？那麼厲害的話，他們自己做就好了。我要退出……」「竟然有人那麼厚臉皮，上網把別人的資料複製貼上就交差了事，早知道我來負責搜集資料……」

以效率來說，一個人準備的效率會比團體高出許多，畢竟不用配合討論時間，省下溝通想法的心力，更不用提如果有組員忽然有其他事，進度就會大大延遲。過程中如果彼此產生誤會，光是協調誤會、化解糾紛也會花掉不少時間和心力。

那團體報告有什麼優點呢？團體合作方式如果分工得宜，每個人都有更充分的時間，針對自己負責的部分進行資料搜集、整理和取捨，集合眾人之力，就能讓報告內容更有廣度和深度。但你也看出關鍵了，重點是要分工得宜，往往就是因為分工出了問題，導致事倍功半，甚至還沒上台，大家就不歡而散。

我現在的工作算是自由工作者，常常一個人行動、一個人在家寫文章，或是一個人到各地演講、授課、培訓，但我還是經常需要和別人合作，比如一起開設培訓課程、一起撰寫計畫投標接案、一起合作設計培訓內容……也就是說，即便你未來是一人工作者，也依然需要掌握和他人合作的技巧。你可以想像我所講的合作項目，如果我和這些合作夥伴都產生了摩擦，對我的工作成果影響會有多大，說白一點，我可能賺不到錢養活自己了。

一群人合作上台表達的訣竅是什麼？我準備了三個檔案要分享，同樣也附上機密檔案。來，開始吧！

檔案5

先合作分工，再分工合作

NBA籃球賽一直深受台灣人喜愛，尤其是季後賽，大家總是相約看比賽，氣氛真是熱血沸騰。NBA好看的地方就在於，場上五位籃球員彼此合作產生的火花。如果五位球員都是超級高手，但各自都想得分，只想著個人發光，絲毫不把團隊目標放在心上，那麼球隊也很難獲勝；相反地，五位球員儘管不是高手，但願意透過合作讓彼此有更大的發揮空間，比如某球員擅長三分線投射，而其他球員願意幫他卡位、清出空間，讓他在三分線上找到空檔輕鬆得分，那麼球隊獲勝的機會就會很高。

你發現關鍵了嗎？重視自己的目標是否達成，其實是人之常情，但為什麼有些團隊會把團隊目標放在個人目標前面？關鍵就是他們在分工前先達成共識，有了共識，合作才有力量。這個共識，就是對團隊目標有清楚的認識，也願意為了目標努力協議。先有合作意願，再按照各自優勢分工的球隊，贏的機率更高。

籃球比賽如此，團隊報告也是如此。先合作，再分工，哪些部分要先達成合作共識呢？哪些部分又需要分工，會更有效率呢？接下來將一一分曉。

5-1 分工前，「一句話重點」要有共識

我們來設想一個小組報告情境：

背景描述：因應環境議題愈來愈受到社會重視，公司邀請了研究環境議題的教授來和同仁分享。課程為期半年，每週上課一次。老師一上課便進行四人一組的分組，每組設定一個環境相關主題，三週後各組輪流上台報告。

主題設定：台灣缺水現況。

報告時間：五十分鐘。

報告形式：每位組員輪流上台報告。

從這個情境中，由於四個人要輪流上台報告，可以推測扣除開場和結尾各五分鐘，還剩下四十分鐘，所以每個人的報告時間是十分鐘。問題來了，下一步是什麼？接下來的步驟要怎麼安排，三週後的小組報告才能順利進行？

按照「先合作再分工」的大原則，小組成員各自分頭找資料前，應先對「大方向」產生共識，找資料時才不會像無頭蒼蠅，結果找到一堆派不上用場的資料。

「大方向」指的是「一句話重點」。以「台灣缺水現況」這個主題來看，每位組員搜集資料前要先設定好四個報告的角度，經過討論，最後決定從「台灣水歷史」、「台灣水庫」、「台灣用水價格」、「台灣人用水習慣」切入。

四大角度決定了，就可以各自去找資料了嗎？還沒！共識部分還要更具體一點，才能避免找資料時沒方向或找錯方向。每個人要再想出每一個角度的一句話重點，小組的第一次討論才算有成果。

那麼，四個角度的一句話重點分別是什麼呢？假設他們討論的結果如下：

● **角度一**：台灣水歷史

一句話重點：台灣一直以來面臨缺水的情況，尤以近二十年特別嚴重。

● **角度二：**台灣水庫

一句話重點：水庫擔負儲備台灣水資源的重要角色，但大家對水庫的評價不一定都是正面的。

● **角度三：**台灣用水價格

一句話重點：台灣水費異常便宜，是否調漲水費，一直是熱烈討論的話題。

● **角度四：**台灣人用水習慣

一句話重點：台灣人用水習慣和世界上水資源缺乏國家相比，截然不同。

到這裡，小組第一次討論產生的共識包括四個角度，以及各自角度的一句話，基本共識才算達成。接著可以各自認領一個角度，並依據一句話重點搜尋相關資料。

有了基本共識，搜尋資料就不會有不知從何下手的窘境。舉個例子，假設你負責的是角度三「台灣用水價格」，一句話重點是「台灣水費異常便宜，是否調漲水費，一直是熱烈討論的話題」，根據一句話重點，應該找哪些資料呢？你可能需要下列四種資料：

一、台灣水費和世界各國的比較，尤其是同樣缺水的國家（數據）。

二、台灣一直不調漲水費的原因（原因）。

三、台灣應該調漲水費的原因（原因）。

四、這幾年激烈討論是否調漲水費的例子（案例）。

重點整理一下：當一群人開始合作，準備針對一個主題進行分工、搜集資料之前，應該先針對主題的「角度」和「一句話重點」討論出共識，然後各自分工找資料，準備下次小組開會時的討論。

或許你會問：「萬一第一次討論時，大家對於主題都沒有想法，無法設定出角度，沒有角度也就沒有一句話重點，該怎麼辦？」其實只要一看到主題，每個人心中多少都有想法，只是不好意思說出來，這時就要運用「大膽假設」的概念，讓大家勇於把想到的角度都提出來。

可以寫在便利貼上或黑板上，然後大家投票選出最想講的四個角度；或是哪幾個角度其實很類似，可以併成一個，這樣角度就出來了。有了角度，討論一句話重點也就容易了。如果真的沒有想法，可以用手機查找和主題相關的資料，再進行「大膽假設」，雖然查找資料需要花點時間，但這點時間花得很值得喔！

延伸練習

開始工作後，你發現自己愈來愈喜歡數學，因此報考某大學數學系進修部，並成功錄取了。

開學沒多久，老師將全班分成三人一組，每週都有一組要上台介紹一位對數學有重要影響的數學家，時間是二十分鐘。

假設你們這組負責的是高斯這位數學家。下課後，三人一起簡單討論，但因為對高斯不是太熟悉，於是有人提議先各自搜集資料。正當準備解散時，你突然意識到大家其實都還沒有共識，這樣很容易發生資料重複搜集或方向錯誤的情況，所以你提議再花個五分鐘先凝聚共識，並訂出查找資料的角度。

這時有人提出抗議，認為對高斯尚一無所知，要如何列出角度？針對夥伴的抗議，你覺得這時該怎麼進行？也就是如何利用五分鐘簡單列出幾個角度，方便後續各自查找資料？

5-2 設計支撐點，深度要一致

我們來複習一下，支撐點有三種主要類型，分別是「原因」、「案例」及「數據」，也就是說，當你確定負責某個「一句話重點」後，三個支撐點就是你要負責搜集和整理的資料。

例如，假設你負責的是「台灣人用水習慣」，而大家對於這個角度的一句話重點也都有共識，即「台灣人用水習慣和世界上水資源缺乏國家相比，截然不同」，那麼你現在的任務就是要去尋找支持這句話的原因、案例和數據，而且別忘了「原因要列點」、「案例要細節」、「數據要對比」這三個原則，如此支撐點才會更有說服力。

在設計支撐點的過程中，有兩件事要特別注意：

第一，注意時間長度。不同於個人報告，小組上台報告的時間更需要嚴格遵守，如果每個人都多講一分鐘，整個報告可能就會延長五分鐘；相反地，如果每個人都少講一分鐘，整個報告又可能提早五分鐘結束。時間長短的控制就掌握在支撐點內容的設計，所以每位組員設計支撐點時，務必進行擬真練習，確保時間是在掌控之中。

第二，注意內容深度是否一致。有些組員的支撐點是在網路搜尋後就直接複製貼上，資料是否可信也不清楚；而有些組員則去圖書館借論文閱讀並整理，訪問相關專業人士的想法後編輯成內容。這兩種不同的資料搜集方法讓內容深度截然不同，如果沒有共識，會讓聽者覺得各個角度的支撐點深淺不一，不知道是否可信，反而連帶降低了同組組員花足心力查到的資料可信度，非常可惜。

關於內容深度的共識，我建議最基本的就是資料來源一定要有出處，而其出處一定要有公信力，如果來源是某大學同學的分組報告，那就缺少了公信力，如果是專家學者或該領域的權威雜誌，則比較有公信力。

重點整理一下：支撐點就是小組成員各自分工努力搜集和編輯的內容，在搜集和編輯的過程中，須特別注意和一句話重點的連結度，還有時間的長短及內容的深度，如此整體簡報會更有說服力。

延伸練習

你和三位同學代表學校參加全國性的科展比賽，比賽當天要有十分鐘的上台簡報時間，你們知道科展比賽非常要求援引資料的公信力，不能是網路上沒有根據的訊息，你們非常重視此次比賽，對於報告時要援引的資料都非常重視來源。請寫出三個在搜集資料時，如果資料來源來自於此，那聽者會公認此資料的可信度是很高的？舉個例子：某大學教授的研究報告。

還有哪些呢？

資料來源一：＿＿＿＿＿＿

資料來源二：＿＿＿＿＿＿

資料來源三：＿＿＿＿＿＿

5-3 開場與結尾，關鍵是主持人

購買產品，通常會有「使用說明書」；強檔電影要上映前，都會有「預告片」；參加喜宴，餐桌上會放一張「今日菜單」……這些都是為了讓使用者、聽者和參與者更了解狀況而設計，因為了解狀況，參與感會更高。

小組報告時，因為一個主題有多個角度要分享，不像一人上台報告，聽者能很快地掌握全貌。所以開場時，報告小組有必要讓聽者了解接下來報告的整體狀況，這就是主持人的任務。

開場主持人要做的四件事：

首先，說明今天報告的主題、組員，以及整體報告的時間。

其次，說明這次主題共分幾個角度，為什麼這樣區分，以及各自的關聯性為何。

第三，報告形式是一人負責報告，還是組員輪流報告？各自報告的角度為何？

最後，說明整體互動的方式，例如是否可以中途提出問題、每個角度結束後預留提問時間，或者最後統一提問。

以上規則，小組內須先有共識，然後交由負責開場的組員對所有聽者說明，這樣與會者心裡就會有一個清晰的圖像，知道今天會聽到什麼以及可以討論什麼。

購買產品除了有「使用說明書」，貼心的廠商可能會在消費者使用一段時間後，致電詢問使用心得和回饋意見；參加喜宴的尾聲，用心的餐廳會希望賓客填寫回饋問卷，給予餐廳下次提供更好服務的機會。除了開場要有說明，讓聽者了解狀況外，結尾時也要能搜集聽者意見，讓自家產品或服務有進步的機會。

因此，小組報告的結尾階段也需要設計一個提問時間，讓聽者的疑問能夠得到解答，並且從結尾的環節中了解下次報告能夠改進之處。

那麼，結尾主持人應該做哪三件事？

第一，彙整所有角度的總結說明：每個角度的報告者都要擬出一段關於自己報告角度的總結，最後交由結尾負責人彙整後報告。

第二，主持結尾提問時間或每一次角度的提問時間：主持聽者提問的關鍵是「掌握時間」，如果還有較充裕的時間，可多回應兩個問題，如果時間較緊迫，則可告知聽眾只能回答一個問題，而這些都交由結尾主持人掌控。另外還要注意的是，聽者提問後該交由哪位組員回應，主持人也要很清楚，這有賴於他對整體報告內容的了解。所以，主持人可能是最了解全部報告內容的人喔。

第三，對於報告資料和提問回應的下一步處理方式：報告資料可以提供給聽者嗎？以紙本形式還是電子檔形式？如果可以提供，是在報告結束多久後提供？這些都是聽者在意、也是要和組員事先建立共識的部分。

報告過程中的提問，主持人要簡單記錄下回應的內容，如果有回答不出的問題，可以和聽者約定時間，再將相關資料傳送給他，例如今天下午五點以前，會以電子郵件回覆。

從主持人在開場和結尾需要做的事情來看，也是先合作再分工，小組成員對於角度的關聯性、上台報告的形式、提問的形式、報告的結論、報告資料是否寄送給聽者……等等都要先合作，有了共識再進行分工，然後由主持人代表團隊成員上台。

延伸練習

如果你要當小組報告的主持人，你覺得開場要做的四件事，和結尾要做的三件事，哪件事最困難？你又可以怎麼克服？

對我來說，當主持人最困難的任務＿＿＿＿＿＿＿＿，因為＿＿＿＿＿＿＿＿，

我覺得我可以＿＿＿＿＿＿＿＿來克服這個困難。

讓報告內容更有脈絡的關鍵

著有《簡報女王的故事力》（*Resonate: Present Visual Stories that Transform Audiences*）一書的作者南西・杜爾特（Nancy Duarte）說：「繞來繞去的簡報，是條死胡同，只會讓聽眾迷失在無路可走的迷宮中。」為什麼簡報會讓聽者覺得繞來繞去，到最後迷失在裡頭呢？因為簡報缺乏結構。結構就是一條清晰的道路，帶領聽者一路前進，最後抵達簡報的終點，並將途中的風景盡收眼底。

一人上台報告時，由於報告時間不長、角度單一，所以結構本身很清楚，按照一句話重點、三個支撐點、一個結尾的結構來報告，聽者可以輕鬆理解和抓住重點（請參考一號資料夾的懶人包）。小組上台報告因為時間較長、重點較多，如果是四個「一句話重點」，就會有十二個支撐點、四個結尾，聽者不在簡報裡迷路也不容易，這時就需要運用「結構」的方法。常見的結構有以下幾種：

一、**時間順序**：可將支撐點用時間的發生順序（或倒敘）來理解重點。

二、重要順序：依照對象覺得重要性與否來安排支撐點的順序。

三、因果關係：將各支撐點用「因為……所以……」的順序來展現。

四、優缺好壞：將支撐點用「正向」或「負向」兩種類別來安排資訊。

再以前面提過的「台灣缺水現況」為例，其中一個角度是「台灣水庫」，一句話重點是「水庫擔負儲備台灣水資源的重要角色，但大家對水庫的評價不一定都是正面的」。從這一句話重點可以看出，大概是要講台灣水庫的優缺點、好處和壞處，所以支撐點就可用第四種結構「優缺好壞」來建構，像是：

支撐點一：水庫對台灣的三個正向影響（原因、案例）。

支撐點二：水庫對台灣三個負向影響（原因、案例）。

可以看出，把結構加入之後，支撐點就清晰許多。所以，當一句話重點出來後，可以依其特質思考運用哪個結構來加入支撐點。當然結構也不僅僅這四種，只是這四種是我認為最好用的，你若看到不錯的結構範本，可加入自己的資料庫中。

檔案6

時間規畫，是小組上台報告的成功關鍵

假設你大學四年都在外租屋，畢業後因為還沒找到工作，所以先搬回家裡與父母同住。請問住家裡的這段時間，第一個會發生的衝突是什麼？

我常在職訓局或企業新人培訓的課堂上問學員這個問題，學員也都很有共鳴，答案出奇地具有一致性，那就是「晚上就寢時間或白天起床時間」。

如果你是在外住宿，晚上十點對你來說可能才是夜晚的開始，也許正準備看劇，或和朋友線上聊天。但對父母來說，這已經是就寢時間，凌晨十二點起來上廁所時，如果看到你的房間依舊燈火通明，就會敲你房門叮嚀一下；誇張一點的，一個晚上可能敲個三到五次房門。就這樣生活了幾天，當父母又來敲房門要你早睡時，你就會不耐煩地回應父母的關心。

其實只要是人與人相處，第一個要面對的就是每個人都有自己的時間運用方式。所以當小組確定要合作時，首先得在「時間規畫」有共識，這一點雖然無關報告內容，卻是小組上台報告能否成功的重要關鍵之一。

那麼「時間規畫」要注意什麼呢？接下來將從三個角度來分享。

6-1 正式上台報告前，必須預留四種時間

當小組正式成立時，務必請大家把以下四個時間記錄在自己的行事曆中，如此才能確保小組順利運行。如果不在小組成立之初登記好時間，就很容易發生要開會時臨時有成員不能來的情況，增加完成報告的困難度。是哪四個時間呢？我就不賣關子：

一、**達成共識的時間**：關於主題的角度和一句話重點要有共識，這需要時間討論，否則後面所有的努力都可能因為方向錯誤而白費力氣。達成共識的時間或許不會很長，可能就是一次會議的時間，大約一、兩個小時，卻是最重要的一段時間，畢竟「方向不對，努力白費」，許多小組到後來會吵架、連朋友都當不成，就是因為一開始沒有留時間給共識會議。

二、討論內容的時間：有了共識後，小組成員各自尋找資料和支撐點，掌握與重點的連結，然後各自進行擬真練習，確保內容符合時間長度。而接下來，就該有討論內容的會議時間，主要討論下列三件事：

（一）小組成員各自負責的支撐點準備完成度如何？

（二）支撐點和重點的連結度如何？

（三）重點之間的連結度如何？是否有重複準備的資訊？

這類型會議不一定需要開很多次，就看內容是否符合需求。如果以上三點都完成了，就可以進入下一階段會議，若無，則需下一次的討論，直到完成為止。

三、修改內容的時間：只要是討論內容，就一定有修改內容的空間，而要修改內容就需要時間，所以會變成「討論內容—修改內容—討論內容—修改內容—討論內容—內容定案」這樣的循環。然而許多團隊到這裡又會踩到地雷，因為他們低估了修改內容需要花的時間和來回討論的次數，把討論內容的時間訂得離正式上台的時間很近。原本可能是想給組員有充足時間找資料，卻沒有意識到萬一修改內容需要比較長時間，很可能就會來不及，到最後因為大家的壓力都很大，又爆發下一波的爭執。所以關於討論內容和修改內容的時間，一開始便假設需要二到三次的會議，而且不能太接近正式上台時間，大約二到三週之前就要討論內容，如果是非常重要的報告，甚至一個月前就應該聚會討論，然後進入修改內容的循環中。

四、擬真演練的時間：內容經過反覆修改、討論並定案後，接下來就是擬真演練的階段。透過實際上台演練，將內容做最後的調整，也能更精準地掌握每一段時間。

當然，擬真演練階段後會不會有需要調整和修改呢？當然是需要的，但次數應該不用太多。如果擬真演練後還要刪掉全部內容重來，代表前面的討論和修改階段都未確實執行。而擬真演練完成後，就可以準備迎接正式上台。

我將上述四階段整理成如下流程圖：

從右圖可以看出，達成共識的格子只出現一次，代表它需要討論的次數最少。但如同前面提到的，達成共識時間可說是最重要的一個階段，許多小組卻往往忽略了，直接就從討論內容開始，但共識就是指明確的方向，有句話是這麼說的：「方向不對，努力白費。」所以一定要小組成員都確認方向後，再進行後續步驟，如此才能事半功倍。

延伸練習

你們全家決定暑假來一趟環島旅行，從無到有都要自己規畫。大家滿腔熱血，躍躍欲試，興奮地分享旅途中可能遇到的趣事，然後就打算散會。只有你發現不對勁，如果就這樣散會，那環島計畫一定會一直原地踏步。於是你對全家人說：「如果真的要環島，接下來的三個月是關鍵，我們現在就要來規畫討論時間。」

請問下一次的討論，最重要的重點會是什麼呢？

6-2 一開始就訂定開會時間，還要符合三原則

每次學校開學時，都會公布一份「年度行事曆」，行事曆上明確告知校慶時間、重要考試時間、各種放假時間和學期結束時間等。為什麼學校要這麼做？你想想，如果期中考前三天才告知：「三天後要期中考，你準備一下。」「週五不上課，請家長不用送孩子來學校。」你會不會覺得無所適從？

小組會議也是一樣，為了避免因為臨時約時間，導致大家彼此埋怨的情況發生，一定要一開始就訂出6-1所提到的四種時間。

小組成員第一次聚會時，不管是相談甚歡還是無話可聊，都要請大家拿出行事

曆，把接下來所有的開會時間都訂下來。訂定時間有三個原則：

原則一：確認全員都能出席為最大前提

一開始訂下所有時間，就是要協調出大家都能參與的時間，所以訂時間是要經過不斷討論，以所有成員都能出席的時間為最大前提，並且約定好一旦確定時間，就不應該因為其他事情而更動。相反地，個人的其他事情應避開小組會議時間，否則就失去了提早敲定所有開會時間的意義。提早敲定，就是為了每次開會都能全員出席，不然報告的內容很難順利討論。

原則二：需有成員負責提醒開會時間

雖然第一次聚會就訂定接下來所有的開會時間，也確認了每位組員都已經寫在行事曆上，但因為大家的生活都很忙碌，一不小心可能就忘了，又或者當天看到行事曆通知才想起要開會，卻發現自己忘記查找該負責的資料。因此，為了避免大家忘記開會時間，或是開會當天才意識到自己尚未準備好負責的任務，這時就需要一名組員來提醒。關鍵是不可以開會當天才提醒，要不然有些組員就算知道要開會，但內容根本沒有準備好。

我把負責提醒開會的組員命名為「值日生」。值日生最好是在每次開會一週前就提醒大家，記得各自負責準備的內容，所謂的提醒，不是單純地發布消息，而是需要所有小組成員都回應確認已收到通知。所以值日生通知的內容會是這樣：「大家好，我們下週一晚上七點要開會，各自負責的內容不要忘記了。有看到訊息的請回覆『收到』，不然我會奪命連環call喔。」務必請大家都要回覆，這樣提醒才算完成。

原則三：建立小組的臨時討論群組

這個群組只有小組成員加入，是個暫時性的群組，等上台報告結束，群組就可以解散。群組需要具備兩種功能：一是大家能透過群組即時收到訊息，二是所有人都能透過群組即時回應訊息。想想看，如果沒有群組，值日生在通知大家開會時會有多麼麻煩和沒效率，他得逐一聯絡每一位組員，還要等候逐一回覆。如果有人沒回覆，他還要個別聯繫，光是這個聯絡過程就足以讓他心生不滿，最後發展出吵架的可能性就大大提高。所以，建立一個臨時討論群組是非常重要的。

符合「全員確認」、「值日生」和「臨時群組」這三個原則，一開始訂出全部時間才有意義喔。

延伸練習

延續上一個延伸練習，如果你自願成為全家暑假環島計畫的值日生，現在全家都訂好了接下來的開會討論時間，還約定好下次開會時，每個人都要提出自己最想去的景點。就在大家心滿意足準備散會之時，身為值日生的你，不忘要提醒大家做三件事，請問是哪三件事呢？

6-3 不衝突，就要「調整心態」

「這湯不夠鹹耶，是不是要多放點鹽？」老公喝了一口湯之後說。

「我一下班回家就忙這忙那，好不容易煮出一頓晚餐，你不想吃就不要吃！」老婆白了一眼後這樣回。

這是一段很日常的夫妻對話，我們可以發現，老公似乎講話有點「直白」，如果能更了解說話之道，或許可避免許多夫妻之間的爭吵；但今天我們把重點放在老婆的心路歷程，為什麼老公說她的湯有點鹹，她就不開心了呢？如果她能不帶情緒地聽進老公的意見，說不定煮出來的菜會愈來愈符合老公的胃口，夫妻感情就愈來愈好。

不過，「不帶情緒地聽進他人意見」是非常困難的，因為人一旦花了心力和時間完成一件作品，心裡就會對它產生保護的感覺，這就是老婆聽到老公的意見後，心裡不自覺出現對湯這個作品的保護。

還有許多類似的例子，像是作家花費心力完成了作品，編輯只要稍加修改，作家立刻大發脾氣，認為編輯不該修改自己的作品；講者把演講簡報寄給授課單位，授課單位看過後對內容提出內容調整的看法，講者立刻有了情緒，希望以後可以提早說，不要等簡報都做好才提意見。

其實，不管是辛苦煮晚餐的太太、寫書的作家或製作簡報的講者，他們愈是花費心力完成的作品，當被要求修改時，內心愈容易出現情緒。不過只要冷靜、理性地思考一下就會發現，聽進別人的建議，將自己的作品進行調整和修改，往往會完成更棒的作品。

回到上台報告的情境，當組員各自進行資料搜集和整理時，想必都花費了許多心思和時間，所以小組聚會討論內容時很容易就擦槍走火，引爆衝突。為什麼會這樣？就是因為大家對於自己搜集的內容有了不容他人調整的情緒性反應，如果有人給建議的方式太過直接，很容易就爆發衝突。

所以，面對這種自然而然的情緒反應，我們必須「調整心態」，這可分成兩方面來說明：

一、給建議者要善用「三明治回饋法」

所謂「三明治回饋法」，指的是在對話開頭和結尾說出肯定對方的用心和內容很棒的地方。步驟如下：

步驟一：先說對方的內容值得肯定的地方。

步驟二：再提出哪些內容如果經過修改會更好。

步驟三：最後再次肯定對方的用心和內容很棒的地方。

為什麼要這樣做？正是因為我們知道當人愈用心做一件事，面對批評時就愈容易有情緒反應，所以透過「先肯定—給建議—再肯定」的表達意見方式，能夠有效安撫對方的情緒反應，同時也能達到讓對方最大程度接受你的意見。

然而給予回饋的人也必須「調整心態」，將表達方式調整到聽者最容易接受的方法，才能在討論時間內達到有效溝通，而不會浪費在無謂的爭執和情緒對抗中。

二、聽建議者要善用「重述重點法」

聽建議的人很容易產生情緒反應，畢竟是自己花心思和時間製作出來的內容。所以開會前要提醒自己必須「調整心態」，任何內容都是在不斷調整中愈來愈好。

開會過程中，當有人提出建議，如果真的有情緒反應，先別急著回應對方，以免說出情緒字眼，造成不必要的衝突。可以試著「重述」對方的重點，像是「你剛剛是說……」、「讓我整理一下，你剛剛的意思是……」、「為了避免誤會，你的重點是……」，透過這個方式，一來我們可以把對方的情緒性用語刪除，只留下重點；二來也有了冷靜的時間，確保自己接下來要說的話不是情緒性用語。

重點整理一下：開會討論內容時，發言者要善用「三明治表達法」，以免讓聽者有過度的情緒反應；聽者則要善用「重述重點法」，讓自己有冷靜思考的時間。

回過頭來說，在小組成立之初，如果就能建立「調整心態」的共識，那是最好的方法。當大家各自搜集資料回來討論時，勢必會有需要調整和修正的地方，請大家抱持這種心態來進行討論會議，不要想著內容一次就要定案。

而雖然已有這樣的心態建立，但開會時一不注意還是很容易有情緒性反應，所以「調整心態」加上「三明治表達法」和「重述重點法」，才是確保有效討論的方法；有效討論，才能讓「討論內容時間」和「修改內容時間」有意義，也確保在「擬真練習時間」是有內容可以練習的。因此，正確的心態和表達方法，是小組報告能否成功的基本元素。

延伸練習

你和幾位朋友成立了歷史人物讀書會，準備在兩個月後報告「歷史人物：曾國藩」這個主題。你們確立了幾個重要角度和一句話重點，各自認領了重點，準備回去尋找支撐點，也把接下來所有的開會時間、練習時間都訂好了。就在準備解散時，你想到了「調整心態」的重要，打算和小組成員說一番話，確保大家都有調整心態，你會怎麼說呢？

讓每次開會有意義且不浪費時間的關鍵做法

有兩個團隊分別在今天晚上七點相約開會。A團隊的成員都不知道會議要討論的主題，也沒有被通知事前需準備的資料，兩手空空就來了；B團隊的成員不僅知道要討論的主題，還在開會前便再三確認各自需準備的資料，每個人都是帶著資料來開會。請問會議結束後，哪個團隊的成員會實質感受到會議的成效，有助於目標推進？答案當然是B團隊，事前準備愈充足，開會愈能產生實質意義，甚至開會時間還有可能縮短。

我們可以從三個角度檢視事前準備是否有做好，分別是：

角度一：開會通知的完整性

開會通知是有效提醒組員開會前要記得準備哪些內容的第一關卡，以下有兩種開會通知單的形式，你覺得哪一種能達到這種功能：

- **開會通知1**

會議名稱：歷史報告第二次討論會議
時間：六月十九日中午十二點
地點：三〇二教室（此時為空堂時間）
備註：遲到五分鐘以上就要請大家吃布丁，切記不要遲到！

● **開會通知2**

會議名稱：歷史報告第二次討論會議
時間：六月十九日中午十二點
地點：三〇二教室（此時為空堂時間）
上次會議結論：
1.某某組員負責搜集角度一的支撐點。
2.某某組員負責搜集角度二的支撐點。
3.某某組員負責搜集角度三的支撐點。
4.某某組員擔任小組討論期間的值日生，負責提醒大家開會。
5.下次開會前一週，由值日生透過LINE群組和e-mail發放開會通知單提醒大家。

本次會議討論事項：

1.各自負責角度的支撐點資料搜集進行第一次分享。

2.針對每個支撐點如何調整，輪流發表意見。

3.確認下次開會時間。

備註：

1.每位組員針對自己搜集的資料進行十至十五分鐘的分享。

2.請務必備妥資料，以免浪費會議時間。

3.若有資料需提供其他組員，請事先影印帶來，或發送檔案到群組。

4.收到此開會通知，請在群組回覆「已收到」。

請問這兩種開會通知中，哪一個具有能發揮提醒組員事前準備的功能？你會發現是開會通知2，對吧？開會通知單2包含了三種訊息，第一種是上次會議結論摘要，這可以達到提醒組員「要負責什麼任務」的功能；第二種是本次會議討論事項，提醒組員各自負責的任務要在會議的什麼時間段討論；第三種是備註，提醒組員開會時該做哪些事，比如發言、事先準備資料，最重要是須回信確認已收到開會通知。

透過提供豐富資訊的開會通知單2，就能達到提醒組員事前準備的效果，而這需要專門分工，由專人負責，也就是「值日生」，由他負責所有和時間相關的事務。值日生可採輪流制，每開完一次會，就由下一位組員擔任，如果怕出差錯，可由小組裡最重視時間的夥伴負責。

角度二：設立小組討論群組

我建議將此群組設立在討論即時性比較高的平台，例如LINE群組就比臉書社團的即時性更高。當然，開會通知單還是得e-mail寄送，無關是否正式的問題，而是透過e-mail比較能確保大家都收到，而且用LINE很容易因為留言而洗版，造成有組員沒看到的情形，不過要小心，e-mail有時會不小心寄到垃圾郵件，所以第一次寄出郵件時，要在LINE群組請組員確認是否收到信件，

開會通知信寄出的二十四小時內，要請大家在群組裡回覆已收到，這是一開始就要達成的共識，若有人未回覆，值日生得個別提醒。如果經過值日生提醒超過三次，就要在會議中提出討論。

此外，透過群組還能即時討論許多事，比如你看到某些資料是適合某位組員正在

搜集的角度，就可以在群組裡提供給他連結；你也可以事先把資料放到群組，請大家提供意見，這樣在正式開會前就能事先調整了。

角度三：設置值日生專門負責時間事宜

小組上台報告成功與否，籌備期間對於時間的重視，以及大家在預定時間是否備好自己負責的資料，是關鍵中的關鍵。既然時間如此關鍵，就值得由一位專門管理時間的人負責。前面提過，這就是「值日生」，通常由組員兼任，雖然比較辛苦，但只要做好時間管理，小組運作就會很順暢，而且每次開會都能讓效率最大化。

總結一下，小組討論要有效率，關鍵是「事前準備」，從三個角度可以檢視事前準備是否完善：一、開會通知單；二、建立小組群組，並且發揮討論功能；三、設立「值日生」，負責時間的提醒。

檔案7

上台表達時，默契很重要

想想用餐時那煮熟的飯粒，如果這些飯粒出現在用餐者的碗裡，那再適合不過了，沒人覺得不妥。接著想像一下，熱騰騰的飯粒出現在睡覺的床上，黏在棉被之間，是不是光想到就覺得渾身不舒服？每樣物品都有我們預期它應該出現的地方，如果不在預期之內，就會讓人渾身不對勁。白米飯是這樣，小組上台報告也是如此。報告時，除了內容很重要，組員在報告當下，該做什麼、不該做什麼也很重要。所有組員都站在台上，這樣好嗎？相反地，所有組員都坐在台下，只剩下報告者在台上分享，這樣好嗎？

當白米飯出現在床上，口感再彈牙也沒用，我們就是會覺得不舒服。同樣的道理，內容再精彩，如果因為組員在報告現場不知道該做什麼事、該站在什麼位置，而一直讓聽者感覺受到干擾或不舒服，內容的精彩度也會因為現場的默契不足而大打折扣。

所以，相較於一人上台表達，團體報告除了討論內容外，組員間的默契也是關鍵，例如第一位組員表達完畢，是要從哪個方向離開？第二位組員準備上台時的等待位置又在哪兒？當某位組員上台分享時，由誰操控簡報切換呢？當需要發放紙本資料時，由哪位組員負責？而資料預先放在什麼位置，又是從什麼位置開始發放？

在上一個檔案中，我們談到小組籌備報告時需要有一個關於時間的「值日生」，他必須敏感地意識到開會的時間就快到了，提醒組員要開會。在這個檔案裡，我要談的除了時間的「值日生」之外，還需要一位現場報告時的「指揮官」，他必須確保所有組員在對的時間都在對的位置，讓聽者隨時都能專注在內容上，而不會因為組員的現場默契不足，而分心在內容以外的事物上。

指揮官必須在小組籌備期間就和小組成員討論，報告當天除了上台報告內容的其他應注意事項，讓所有組員在現場呈現出最佳默契。那麼究竟有哪些事項須形成共識？我將從三個角度分享。

7-1 報告現場，每位成員都在對的位置

在正式上台表達時，常會看到團體成員總是一群人站在講台旁，卻不知道該做什麼事情，或是第一位組員報告完畢後到下一位組員上台表達中間的空檔太久，無法順利切換，這些都需要事前經過討論，並在擬真演練時要花心思進行演練的部分。那麼，正式上台前需要達成的團體默契哪些？以下五點是需要特別注意的地方：

一、**組員上台順序及彼此的切換方式**：例如第一位組員發表結束時應該由哪個地方離開、簡報筆應該放何處、第二位組員又該從何處上台，以及能否在對的地方拿到簡報筆。

二、**所有組員在整個報告期間的站位**：例如某位組員分享時，其他組員該站在何

處？是全部的人都站在講台一側，還是未上台的組員坐在預先準備的座椅上？或者大部分沒上台的組員坐著，一兩位組員站著以因應聽者或講者的需求？

三、上台簡報的一致性：例如四位組員的上台簡報是否都已彙整在同一個檔案中？格式是否統一，像是字型、字體大小、背景顏色、版型配置等？此外還要確保所有組員都已理解和熟練簡報操作方式。

四、紙本資料發放方式：例如紙本資料是在開始簡報前就已放在所有聽者的座位上？還是簡報到關鍵處才由團體成員進行發放？由哪位成員負責發放紙本資料？發放方式為何？

五、簡報的開場和結尾方式：例如主持人在開場或結尾時，大家是一起站在台上，還是各自從座位上站起來就行？結尾時，當有聽者提問，負責回答的組員須到台前回答，還是站在原來位置回答就好？

以上五點都沒有標準答案，但都需要組員在正式上台前達成共識。上台時，組員間愈有默契，聽者就更能將注意力放在報告內容上，而不會因為這些事情分心。所以在擬真演練前就應該討論出共識，擬真演練時，除了內容的演練，這些現場默契也不要忘記加進去一起演練。

延伸練習

回想一下你過去的小組上台報告經驗，上述五個需要特別注意的團隊默契，你覺得滿意嗎？綜合過往的上台經驗，分別給這五個項目打分數吧（一分表示很不滿意，五分表示非常滿意）！

組員上台順序和彼此切換的方式→【　　】分
所有組員在整個報告期間的站位→【　　】分
上台簡報的一致性→【　　】分
紙本資料發放方式→【　　】分
簡報的開場和結尾方式→【　　】分

7-2 報告現場，要有一名指揮官

團隊人數愈多、做的事情愈多，就愈需要現場指揮官。我很喜歡看歷史劇，尤其是戰爭場面中，將軍有條不紊地在車駕上指揮大軍進攻、防守或撤退的情形。現場指揮官要能指揮得宜，除了本身具有臨場判斷和臨機應變的能力，平時的練習也是非常重要。

小組報告的「現場指揮官」就像作戰時的將軍，要能隨時根據現場狀況做出最即時的判斷，接著指揮夥伴行動。但若希望指揮順利，便有賴於平時的練習和討論。

現場指揮官除了現場臨機應變，更重要的是在籌備期間和小組夥伴的討論，大家須針對前面提到的五個特別需要默契的項目進行討論，並達成共識。而擬真演練階段除了練習內容表達，也要練習團隊默契，例如正式上台時，報告者要從哪裡上台、下一位報告者在哪裡等待、資料由誰發放、已經上台報告完畢的夥伴是要站在哪裡或坐在哪裡？這些都需要事前在現場指揮官的帶領討論下達成共識。擬真演練時，由現場指揮官負責統籌練習，到了正式上台報告，現場指揮官更要留心現場情形，即時進行指揮。

除了現場指揮官，所有組員對於現場的默契共識也一定要熟悉，因為現場指揮官可能也是上台報告者，當他上台報告時，其他組員必須掌握現場狀況，進行即時調整，讓聽者能專心在聆聽內容上。

延伸練習

如果你在小組報告中被指定擔任現場指揮官的角色，你認為第一次小組開會時，要和小組夥伴討論什麼事呢？

7-3 面對各類型聽者，回應方式大不同

上台報告時，組員之間有默契除了能讓聽者專注在內容之外，聽者在報告時的行為也會影響現場的報告狀況。

例如聽者不願回應講者的提問、聽者太熱情回應講者的提問、聽者問了講者沒有想到的提問，或是忽然有聽者大聲講電話等。如果團隊成員不知道如何反應這些突發的狀況，那所有人很可能就會失去對報告內容的注意力，這樣辛辛苦苦準備的內容就白費苦心了。

所以，針對不同類型的聽者，團隊成員都要事前演練，準備好回應方式，才能讓聽者持續把注意力放在報告內容上。

擬真演練時，除了上台報告者，每位組員可以角色扮演成各種類型的聽者，在面對不同類型的聽者時，大家要討論出一個一致的回應方式，一旦真的遇到類似狀況，就可以從容回應了。

問題是，聽者類型那麼多，練習時該如何知道要扮演哪一種？我們可以將聽者大致分為以下三種：

一、關鍵決策者：像是老師、主管、評審等，他們最在乎什麼？例如老師最在乎發表內容是否有憑有據，主管最在乎講者的想法是否具可行性，評審最在乎講者的表現是否符合評審標準。依據這些關鍵決策者最在乎的點，進行角色扮演時就能提出適當的問題，讓上台的表達者回答。

二、事不關己者：像是和旁人聊天、使用手機、看自己的電腦等人。面對這些事不關己者，我建議不要視而不見，尤其是和旁人聊天或用手機講話的聽者，很明顯已經影響到其他聽者，更重要的是，也影響了上台報告者的情緒。所以一定要請他們放下正在忙的事，並將注意力回到台上正在簡報的成員。

但如果由上台者來提醒事不關己者，難免會打亂表達的節奏，而且將所有人的目光都轉移到事不關己者身上，會使他感到羞赧，也勢必影響後續聆聽的心情。所以團體成員要事先練習，遇到事不關己者時要能警覺地意識到，並且即時到他們身邊小聲且善意的提醒。

針對這種狀況，練習時就要有組員扮演成事不關己者，並有組員負責善意提醒，而該名組員要非常注意現場所有聆聽者的狀況，適時予以回應。

三、踴躍回應者：像是不斷舉手提問者、不斷回應台上講者的聽者。除了事不關己者可能影響上台表達者的節奏和情緒，我們往往會忽略了踴躍回應者，他們也會打亂上台表達者的節奏。想想看，如果講不到三句話就有人舉手發言，然後講不到三句話又再度舉手提問，那表達節奏被打亂的機率就很高了。

演練時，須有團體成員扮演成踴躍回應者，如果回應次數不密集，台上表達者可以做簡單回應，然後繼續進行報告；如果回應次數太多，就要有組員走到他身邊小聲有禮貌地提醒，並告知全部報告結束後會有提問互動時間，那時可以讓他提問。

面對踴躍回應者比面對事不關己者更不容易，因為對方會認為自己踴躍回應也不行嗎？難道講者不讓人提問嗎？很多人就是害怕遇到這樣的質問，便任由他打斷表達節奏。這比事不關己者還嚴重，因為有可能就因為頻繁提問，而導致報告時間嚴重落後，聽者開始不耐煩。

所以演練時，所有組員都要有共識，遇到這類型聽者，一定要有人用有禮貌的方法適當提醒，並且用堅定的語氣說明，往往都能收到效果。

不過凡事都有意外，我認為只有一種人成為踴躍回應者時，是可以不用提醒的，那就是關鍵決策者。為什麼這麼說？因為關鍵決策者其實和團體成員一樣，都希望報告順利進行，這樣他才能聆聽到完整資訊，並據此做出決策。所以當他成為踴躍提問者時，代表一定有些資訊是他想聽到但沒聽到、而且是他認為很重要的資訊。當關鍵決策者成為踴躍提問者時，不僅不用打斷他，更要用心做筆記，記錄是否在準備階段沒有意識到關鍵決策者真正在意的重點，以及下次準備時可以往哪些方向多準備。

重點整理一下：在正式上台報告前，對於不同類型的聽者反應要如何應對，所有組員都要有共識，才不會在正式報告時，造成現場一片混亂。

延伸練習

在上台報告時，你曾遇到意料之外的聽者反應嗎？當時你是如何應對？你滿意當時的應對方式嗎？仔細想一想，下次報告再遇到相同狀況時，你會怎麼應對？

讓小組報告更順利的關鍵

是的，想讓小組報告更順利的關鍵，就是「角色分工」。接著我要請你想一想，目前在小組報告時出現了哪些角色？別急著往前翻，讓我來告訴你。目前總共有五種角色分工喔，就是這五種角色讓小組報告能順利進行，讓我用下表做個整理：

角色	任務
內容整理者	角度和一句話重點有共識之後，每位成員各自認領角度，進行支撐點的內容搜集。而且在搜集時，要兼顧到一句話重點和支撐點之間的連結。
上台報告者	上台報告有兩種形式，一種是所有組員分工搜集資料，然後由一位組員上台報告；另一種是所有組員分工搜集資料並輪流上台報告。兩種形式都有優缺點，如果你還是學生，組員輪流上台是比較好的選擇，就像前面提過的，每上台一次就代表下一次上台有更進步的機會，趁著學生時期的報告機會，就算講得不好，也不會有太大損失，但可因此得到無價的上台經驗。

主持人	小組上台報告因為時間較長、角度較多，所以會需要開場和結尾的主持人。別忘了，主持人是小組報告能否順利的關鍵角色。
值日生	負責提醒組員開會、寄送開會通知單和確認組員都在開會前做足準備，這就是值日生的任務。如果少了值日生，很可能常常有組員開會缺席，或者即便來開會也沒有事前做好準備，導致開會沒效率。
現場指揮官	確保組員在報告現場能展現十足的默契，讓聽者專注在內容上，而不會受到其他事物干擾。現場指揮官要確保組員都對報告現場的五件事有共識，並花心思規畫籌備期間的討論和擬真演練時的練習。

這五種角色分工對於小組報告非常重要。有內容整理者，報告的內容才會言之有物；有上台報告者，才能把內容完整傳遞給聽者；有主持人，才能掌握報告的節奏，讓聽者完整理解報告內容；有值日生，才能讓每次開會都有效率；有現場指揮官，報告時團隊夥伴會更有默契，更能讓聽者專注在內容上。

為什麼有些團隊的報告都還沒完成就不歡而散？或是有些團隊只有其中一兩位組

員在努力，其他人都在打混摸魚或不知道該做什麼？就是因為沒有進行角色分工！一集合就埋頭苦幹的團隊，往往很容易發生衝突、不歡而散。所以，「角色分工」是讓小組報告更順利的關鍵。

G-T-O小組報告必備三要素

在整個小組上台報告的最後，我依然整理了文字版和表格版的懶人包，方便你一看就懂，需要用到時立刻就知道怎麼用。

你聽過《GTO麻辣教師》嗎？這對七年級生來說是非常有名的日本漫畫，主角麻辣教師鬼塚英吉能讓一群不愛上課的學生，慢慢地願意在他的課堂中專心上課。GTO在漫畫中是Great Teacher Onizuka（偉大的老師鬼塚）的縮寫，我們沒有要成為偉大的教師，但希望成為稱職的上台報告者，尤其小組上台報告時需要注意更多細節。所以我把二號資料夾的所有重點濃縮成GTO三個英文字，讓你更好記住，分別是：

● **General**（**現場指揮官**）：General有將軍的意思，呼應我不斷強調的，小組報告除了內容設計，組員間的默契建立也非常重要，而這有賴於現場指揮官事前建立共識，以及在報告現場的安排協調。

● **Timer**（**值日生**）：Timer是計時器的意思，延伸到小組報告時，則指負責提醒開會時間、確保所有組員都能在開會前做好準備的人。沒有值日生，就沒有出色的報告內容，甚至極有可能無法順利進行報告。

● **Order（順序）**：小組合作時，先後順序很重要，也就是「先」合作「後」分工。先合作是指對報告主題要採取哪些角度進行討論，並針對每個角度設計出一句話重點。而有了這些基本共識，每位組員認領一個或多個角度，然後約定一段時間各自尋找支撐點（原因、案例和數據），如此合作分工的順序，才能最大程度地確保團隊是有效率的運作。

不過以表格呈現時，這三個英文字要反過來，才能代表小組從成立到報告結束時的所有重要環節，請參下表。

Order（順序）
小組組成的第一件事就是先談合作，針對報告主題的角度和每個角度的一句話重點先有共識，然後各自認領角度去進行支撐點的資料搜集。此外，需要有共識的還有所有開會時間、調整心態、主持人的角色定位、值日生和現場指揮官由誰擔任等，然後大家分頭進行自己負責的任務，如此團隊運作才會有效率。

Timer（值日生）

團隊有了共識後，就會有一段各自尋找資料的時間。而每一次的開會能否如期舉行，開會時大家能否提出有建設性的想法，就要依賴值日生的時常提醒，如此每次開會才能有效推進小組任務進度，最後完成精彩的上台報告。

General（現場指揮官）

來到報告當天，團隊成員已經準備好豐富的報告內容，但彼此的默契是否足夠、第一位組員報告結束後從哪裡下台、第二位組員在哪裡等待以及從哪裡上台接續報告等，如果沒有專門角色負責，大家都只顧著內容的設計和整理，導致報告當天亂成一團，反而讓聽者無法專注在報告內容上。要解決這個問題，有賴於現場指揮官在籌備期的共識建立，以及報告現場的指揮若定。

三號
資料夾

上台報告結束，然後呢？

「以上是我所有的報告內容，謝謝大家！」

呼！你鬆了一口氣，因為準備已久的報告終於結束了。為了這場報告，這幾天你利用各種時間進行擬真演練，幾乎沒有好好休息，決定晚上一定要大吃一頓，好好犒賞自己一番。

當你上網查詢哪家餐廳較好的時候，我不得不煞風景地問一句：「報告……真的結束了嗎？」

你嚇了一跳，心想：「沒錯啊，已經結束了，我不是才剛下台？」

我又鍥而不捨地追問：「請問下台就算報告結束嗎？有沒有什麼事情是報告結束後才要開始做的？而且做了之後會讓報告更加分？」

你想了想，覺得有道理，如果報告前都花時間做準備了，報告後似乎也需要花時間做整理。

對的，報告前準備、報告後整理都能讓報告更加分。舉例來說，有位講師朋友曾在部落格寫了一篇文章：「我在高鐵遇到一位知名講師，他正看著筆電做資料整理，我還以為他正準備去某家公司上課，結果我錯了，他是剛下課，坐高鐵要回家，而他正在把學員的提問和他的回應，整理成一份檔案，要寄給所有學員，並且依據學員填寫的意見回饋表，進行課程內容的調整。我看到這位講師在做的事，內心有很大的震撼，難怪人家是知名講師，我每次課程結束，在回家的高鐵上，要嘛聽歌放鬆，要嘛追劇放空，哪像他還在做這些事，難怪他這幾年課程評價如此地高，你下次上台的品質，真的取決於你每次下台的堅持。」當時我看到這篇文章時，也在內心問自己：「報告結束後我都在幹嘛？我也希望自己的報告品質持續加分！」

這篇文章給了我很大的震撼，我思考著報告結束後，可以做哪些事情讓聽者對我的簡報更加分呢？後來，我整理出一定要做的四件事，只要這樣做，就能讓自己持續進步，報告持續加分！

到底是哪四件事呢？我把它們都寫在三號資料夾裡，往下看你就知道了。

檔案8

報告結束後的第一件事很重要

在我大學時期，有位同學讓我印象十分深刻。每個學期最緊張的時候莫過於期中考和期末考，通常考試前大家都會徹夜苦讀，一直窩在圖書館，希望考個好分數。而這一切的壓力，隨著考試結束那一刻，需要得到徹底解放。所以考試一結束，大家不是相約看電影，就是去喝下午茶聊天，也有人衝去球場打了一整晚的籃球。那位讓我印象深刻的同學，他考完第一件事不是去看電影舒壓，也不是和朋友喝茶聊天，而是回到圖書館把這次考試的重點進行一番整理，將這次考試的內容在自己的筆記中圈出來。

我怎麼知道的？有一次考完試，我非常開心地跑去圖書館借DVD，打算在宿舍來個二十四小時電影馬拉松，卻發現應該空空如也的讀書室竟然有人。於是我很好奇地走去看一下，這才發現了他的行為。

我問他：「怎麼考完試了還來讀書室，真的有那麼熱愛讀書呀？」

他笑笑說：「怕你們笑我是書呆子，所以一直沒對你們說。其實每次考完試，我習慣第一時間要整理筆記，大約花一小時，把整個考試中我不會寫的題目記下來，然後找出答案，做重點整理，接著我才會開始大玩特玩。」

哇塞，還真認真啊。但是這樣有用嗎？後來我發現，這麼做真的效果驚人，因為這位同學是以最高分的成績考進我們的系，最厲害的是，大學畢業後，他又以最高分的成績考進研究所。他平常也和我們玩在一起，考試前和我們一起跑到讀書室熬夜苦讀，但他和我們最大的差別，是他在考完試之後做的第一件事和我們不一樣，也是我們都沒做到的，而這差別長期累積下來，就收到很大的效果。

我從這位同學身上學到，任何事情結束後別急著放鬆或放空，結束後的第一件事怎麼做，長期下來影響著你做這件事的效果。

考完試的第一件事是重新整理筆記，那上台報告後的第一件事要做什麼呢？

8-1 彙整聽者提問，製作Q＆A

報告過程中，常常會有聽者提問，有些問題當下可以回答，有些問題可能無法當下回答，前面也曾提過，那麼回答不出來的提問該怎麼辦？其實不用硬要回答，可以告訴聽者：「這問題很棒，但我現在沒有最精確的答案，等我回去確認一下資料後再把答案寄給您。」而有些問題則是我們有答案，但礙於報告時間有限，因此無法完整回答。

每次上台報告，我們都刻意記住聽者提問（後面會提到該怎麼記），報告結束後，將這些聽者提問（不管是有回答或回答不完整、當下無法回答的）都寫成文字，並且寫上自己的回應，做成一份Q＆A的檔案，然後寄給全部聽者。如果沒有全部聽者的聯絡方式，最起碼也要養成習慣寄給關鍵決策者，像是聽報告的老師、面試的考官、你的客戶、主管等。

製作Q&A檔案並寄給聽者有兩個好處：一、聽者會提問，通常代表他很在意這部分的內容，當你把他的問題整理成文字，就會變得更有脈絡、更完整地回應他的問題，這效果等於讓聽者拿到一支IKEA的霜淇淋（參一號資料夾的檔案3）。二、當你把聽者的提問都整理成文字，等於把內容變得更有脈絡，更能掌握聽者的提問，這對於你調整下次上台報告的內容、讓它更貼近聽者需求會有非常大的幫助。

所以當你每次報告結束，第一件事就是整理Q&A檔案，長期下來，聽者對於你的信任度會大幅提高，因為你總是非常重視他們的提問。（誰會不喜歡這樣的報告者呢？）另外，就是你每一次準備的報告內容會愈來愈符合聽者需求，因為你在整理檔案時，就是再一次了解聽者的需求，愈了解聽者需求的報告者，愈能做出聽者滿意的報告（這就是對象感的運用）。

延伸練習

你現在已經知道，報告結束後的第一件事，就是將報告時聽者的所有提問整理成Q&A檔案，然後寄給聽者（最起碼寄給關鍵聽者）。問題是，上台報告已經夠緊張了，怎麼可能有辦法記住聽者的提問？

可以的，你想做就一定做得到，但是要有方法對吧。有什麼方法呢？請寫出三個，我先幫你寫下第一個：

一、報告過程錄音。報告結束後，重聽一次錄音檔，就能找出提問。

請接續寫下兩個方法喔。

8-2 善用回饋問卷，你會更進步

夜市裡有兩家賣雞排的攤販，兩家同時間開張。一年後，A攤販前有大量排隊人潮，在網路上擁有很好的口碑，B攤販的生意則始終平平。夜市主委很想了解這兩家同時開店的攤販，為什麼一年後的客人數量差那麼多？

他們做了深入調查，沒想到原因卻是異常地簡單！原來A攤販從開業第一天就在攤販前貼了一張QRcode，裡頭隱藏了兩個問題和一個小小請求：

問題一：是否覺得雞排好吃？

問題二：下次再來逛夜市，還願意來買本店雞排嗎？

感謝您填寫問卷，並請給予本店一個小建議，下次購買雞排請出示填寫畫面（請截圖），我們會贈送一杯冰紅茶。

B攤販老闆則沒有這樣做，他甚至一開始還在心裡嘲笑A攤販老闆，竟然還要多花錢請顧客喝紅茶，怎麼划得來？沒想到不到一年的時間，兩家店的生意天差地別，這就是回饋問卷的威力。

你一定聽過「當局者迷，旁觀者清」這句話，因為是自己費心炸好的雞排或設計出來的報告，難免會在心裡認定這東西已經很棒了，不用再改，卻也因此錯失了進步的機會。

在前面的內容中，我們不只一次提到上台的意義，就是讓下一次上台的表現更好！在這裡，答案終於解鎖，下一次上台表現會更好的最後祕訣就是：取得聽者回饋，而且用心分析回饋，然後調整報告內容。

製作回饋問卷有幾個基本原則要注意，不然可能花了時間和心力製作了問卷，卻沒有達到進步的效果。比如說你在回饋問卷中設計了一百題提問，你認為聽者填寫的機率高或低呢？到底題目數量設定在幾題比較好？除了題目數量，還有哪些地方應該注意？以下分享回饋問卷設計的三個原則和一個提醒：

原則一：題目數量設計在五題以內，聽者回應率最高。通常問卷發放都在報告即將結束或已經結束的時刻，聽者預備進行下一段行程，所以只能運用短暫時間填寫。如果問題超過五個，對聽者來說就會覺得需要花太多時間，而可能就把問卷放到一邊了。考慮到設計回饋問卷，就是希望所有聽者都能回應，所以五題以內最佳。

原則二：題目類型以選擇題為主，簡答題為輔。以選擇題為主的目的，是因為這樣聽者回答的意願才會高，只要勾選答案就好。但要搜集到聽者真實的想法，還是需要透過簡答題，因此通常我會設計一至兩題簡答題，並安排在問卷的最後，聽者會覺得既然都填完前面的題目了，剩下的也順便回答一下。

原則三：題目內容設計以自己想要進步的方向為主。有些人因為對題目內容設計沒有頭緒，便放棄了設計回饋問卷，但這樣等於放棄了最快進步的方法。其實題目內容設計沒有想像中複雜，只要把握好一個原則，例如你想要報告的哪個方面更進步，就往那裡提問就對了。舉例來說，假如你想讓表達的語調和手勢更進步，可以問：

「講者報告的語調和手勢讓你感到舒服嗎？A.非常好，B.普通，C.要加強」；或者運用簡答題：「你認為講者的語調和手勢需要加強哪些部分？」

當然，回饋問卷設計絕對不只這三個原則，不過把握這三點，你就能設計出有效問卷，並從聽者的回饋中進步。

一個提醒：發放問卷的時機，盡量在報告內容結束或即將結束時。如果在報告一開始或中間時段發放問卷，等於是在告訴聽者：「你現在可以從我的報告中分心了。你可以邊聽我報告，邊寫回饋問卷。」這怎麼想都不對。再說，如果都還沒聽完整個報告就能填寫問卷，這問卷值得參考的價值就打了折扣。所以要謹記，報告結束後再發放問卷，因為已經將題目數量控制在五題以內、並以選擇題為主，答題時間其實不會太久，也不會耽誤聽者接下來的行程。

延伸練習

我曾在多所國高中進行「上台表達力公益講座」，結束後也會請同學填寫回饋問卷，總共有四題，其中兩題選擇題、兩題簡答題，題目如下：

題目一：這堂課對你的上台表達有幫助嗎？

A.有幫助　B.普通　C.沒幫助

題目二：這堂課的上課方式，能幫助你專心上課、有效吸收嗎？

A.可以　B.普通　C.不太行

題目三：你在這堂課學到最有幫助的上台表達技巧是什麼？

題目四：你的建議會讓這堂課愈來愈好，請問有什麼建議？

按照「原則三：題目內容設計以自己想要進步的方向為主」，你認為我的回饋題目內容希望自己能在哪個方向更進步呢？從這四個題目來看，你覺得我想要讓表達力講座的哪個方向愈來愈進步，所以設計了這份回饋問卷？

8-3 除了問卷，聯絡管道很重要

當你報告結束，聽者有問題想發問或希望填寫回饋表給予意見，但他因時間關係必須提早離開，你該如何得知他的提問和意見？這時留下聯絡資料變得非常重要。

和你分享一個關鍵數字：七九二。這個數字是多年下來，我每次報告結束後，聽者傳訊息或e-mail給我回饋或提問的人數，多年下來也累積了上千則訊息，給了我非常多寶貴的意見和幫助。如果我沒有在報告結束時留下聯絡討論的管道，這上百則的訊息都將不會存在，對報告者來說是非常大的損失。

留下後續聯絡討論的管道，當然是希望讓聽者有疑問時能夠真的聯繫和提問，但有些聯絡方式即便提供了，聽者可能也不會提問。例如你留下手機號碼，有些聽者會覺得只是為了一個報告的問題，還要打電話給不算熟稔的報告者，不僅壓力大，還不知道如何開口交談，於是就放棄了；又或者你在報告最後，用口頭方式唸了自己的e-mail給大家，但報告結束時的場面比較混亂，聽者可能聽不清楚或來不及抄寫，即便聽者想提問，有可能因為抄寫錯誤而寄不出去或寄錯。所以，留下聯絡管道的關鍵是要聽者能聯絡到你，而要確實做到有三個原則：

原則一：用視覺化的方式呈現。比如將e-mail、LINE群組或臉書社團的聯絡方式用一頁簡報呈現，這樣聽者只要用手機拍下這頁簡報，就可以聯絡到你。

原則二：留下文字聯繫的管道為佳。文字聯繫的管道如e-mail、臉書、ＩＧ、LINE，這些聽者只要用文字將提問或回饋傳給你就行，比起打電話交流，這樣比較沒壓力，也能提升聽者傳訊息的意願。

原則三：聽者傳訊息後，務必在二十四小時內回覆。雖然沒有硬性規定一定要在二十四小時內回覆，但聽者既然傳了訊息，就會非常在意講者的回應。就像你去餐廳吃飯後在Google留下評論，你一定也會在二十四小時內不斷查看店家是否回應，如果獲得回應，你的心裡就會產生美好的感受，無形中對店家的印象是加分的（如果店家的回應是人身攻擊除外）。因此，養成二十四小時內整理好資料或想法回應聽者訊息的習慣，也是在訓練自己資料整理的能力。

你或許會想，不過就是上台報告二十分鐘，有需要如此煞有其事地留下聯絡方式嗎？聽者不會覺得奇怪嗎？不會的，正所謂「禮多人不怪」，這個方式其實也是一種禮貌，反而給聽者留下良好印象，也是另一種霜淇淋效應！或許你的報告時間很短，內容也講得很清楚，但有些聽者就是不方便當面提問或時間不夠沒法問，你留下聯絡方式，對他來說就是多了表達想法的管道。

重點整理一下：在報告最後留下聯絡方式，是個聽者用不到也沒關係、但一有需要就能派上用場的好方法，而且通常聽者都願意花時間傳訊息，內容一定具有參考價值（除非他想和你交朋友），絕對要重視。

延伸練習

原來「用一頁簡報的篇幅留下聯絡資料」是如此重要的一件事呀。你在看完這上面的內容後，心裡得出了這個感想。任務來了，如果是你，要留下哪些聯絡方式，讓聽者在報告結束後方便聯絡到你？不要忘記上述的三原則喔！

你的聯絡方式是：＿＿＿＿＿＿＿＿。

讓完全不想聽的聽者也能專心聽的關鍵

想像一個情境，你有一場非常重要的簡報比賽，時間是十八分鐘，要向所有評審介紹你鑽研近兩年的研究成果。即便你已經提早一小時出門，但因為下雨天大塞車，你搭的計程車在路上塞了許久，導致抵達現場時已經遲到五分鐘。所有評審已經就坐，看著你有點慌忙地準備簡報檔案、測試投影筆等。你在正式報告時間十分鐘後才拿起麥克風，準備開始這場重要簡報。

時間還剩下八分鐘，你看到有些評審已經面露不耐煩，有些評審挑著眉毛，他們心裡八成想著：「都已經遲到十分鐘了，剩下八分鐘哪能聽清楚說什麼？」有些評審可能利用這十分鐘空檔用手機處理事情，因此你拿起麥克風準備演講時，他們還繼續使用手機。面對這樣的情況，你會直接進行報告嗎？還是會花三十秒先說點報告內容以外的事？

這就是接下來要分享的，當因為種種原因而聽者不想專心聽你報告時，你絕對不要一拿起麥克風就開始進行簡報，你要做的第一件事就是「拔刺」！什麼是拔刺？聽者不願意聽，一定是心裡有根刺，刺得他不太舒服，所以不想聽。以這個例子來看，那根刺就是你遲到十分鐘，讓他們覺得不受尊重或等太久，所以不想聽。這時你拿起麥克風就要先「拔刺」。拔刺有兩個步驟，一是確認刺在哪裡，二是勇敢面對，先把它拔出來。

回到剛剛的場景。你拿起麥克風，看到現場聽者一副不想聽的樣子，你可以這樣說：「各位評審好，我知道已經遲到十分鐘，讓大家等那麼久真抱歉（步驟一：確認刺在哪裡）。剩下的時間雖然不多，但我會竭盡所能把我這一年多研究出來很棒的東西向評審報告，還請評審再給我一次機會。那我們開始吧（步驟二：勇敢面對它）。」一講完這段話，就可以開始報告了。評審會感到好奇，你明知道有這根刺，卻還有信心繼續報告，表示你對自己很有信心，既然這樣，那就聽聽看。

拔刺有個關鍵，就是「勇敢面對，但絕對不要找理由」，例如，「抱歉，我今天遲到十分鐘，都是因為下大雨，雖然很早就出門，但計程車塞在路上。」雖然你說的也是事實，但聽在聽者耳裡，就像是在找藉口推託，畢竟大家也都是從各地趕來簡報，怎麼沒人遲到呢？所以就算理由再合理，也不要在拔刺時說理由，只要勇敢面對，然後說自己接下來會怎麼做就好。

我們都希望遇到專心聆聽自己報告的聽者，但總是可能遇到因為某種情況而導致聽者無心聽下去的時候，這時候不要慌，先「拔刺」再開始報告吧！

檔案9

讓下次上台更進步的祕密

我是怎麼讓自己上台報告進步的呢？答案是「寫逐字稿」。

我有位學長非常擅長上台報告，所以在徵得他同意的情況下，我都會在他報告時錄音，然後趁著週末假日整理逐字稿。寫逐字稿可不是一件簡單的事，因為講話速度比較快，打字速度則較慢，二十分鐘的上台報告很可能需要處理近兩個小時。整理好後，我會把其中覺得很棒的地方圈起來，嘗試運用在自己接下來的報告中，因此我的上台報告技巧逐漸進步。相反地，我若看到可以調整的地方，也會提醒自己不要犯同樣的錯。

我認為這就是讓下次上台更進步的祕密，正所謂天下武功，唯快不破，想要進步，唯「勤」而已。就像有句名言說的：「出發，總要有個方向。」「勤勞」當然也要有方向，而這些方向是什麼呢？接下來，我將一一解惑。

9-1 給自己的回饋，報告結束即刻記錄

都說下台第一件事是要記得請聽者幫忙寫回饋，如果聽者都願意花時間給回饋了，身為講者就更應該花時間給自己一點回饋。

給自己回饋一定要愈快愈好，最好是報告一結束就記錄這次上台的情況。寫記錄的時間不用太長，大約五至十分鐘即可，主要記錄兩部分：第一是「內容」，包括這次內容哪裡設計得很好、哪裡需要再加強，尤其是參考聽者的回饋意見後進行思考和記錄；第二是「表達技巧」，包括表達流暢的部分有哪些，又有哪些地方的表達不太順，這些都要記錄下來。

當然，不管哪裡表現好或哪裡要改進，報告都已經結束了，所以記錄的最後一定要註明「下次上台報告注意事項」，作為前面兩部分記錄的總結。當我們翻閱這些記

錄時，只要看這個部分就行了，你會看到自己給自己的最中肯建議。

這點時間的投資非常值得，因為人是健忘的動物，不管你這次上台的表現好或壞，過沒幾天，一忙就忘記了，如果沒有記錄下來，下次就無法重複表現好的地方，卻很容易重蹈覆徹表現不好的地方。所以，報告一結束就做記錄，然後總結成「下次上台報告注意事項」，這是讓自己下次上台更進步的第一個祕訣。

延伸練習

給自己的回饋有兩個特色，一是能夠快速記錄，二是不管何時翻閱，都能一看就懂。要符合上述兩個特色，記錄的格式就非常重要，接著要分享我上台報告後記錄「給自己回饋」的筆記格式：

表達內容可以更好的地方	
表達技巧可以更好的地方	

9-2 推自己一把，從錄音或錄影看表達細節

我一開始超排斥看自己上台報告的錄音和錄影，總覺得一定講得很不好，有很多地方需要調整，而且看自己的表現很害羞。經過一段時間的天人交戰，我終於鼓起勇氣觀看，果然講得很不好啊，不過也因為做了這件事，我可以發現自己到底是「哪些地方」講不好，所有細節都跑不掉。

都說人最重視的就是自己了，例如和一群朋友合照，看照片時總會先找到自己在哪裡，姿勢和表情有沒有好看之類。從錄音和錄影看自己更是如此，你會注意自己的所有細節，比起寫上台記錄更能注意到許多細節。

自從開始線上直播課程，觀看自己的錄影又更加方便，也發現了好多需要改進的細節，例如眼睛總會一直看著簡報而沒看著聽眾；不自覺地摸嘴唇（這是我的習慣動

作），螢幕前一顆大腦袋不停地搖來晃去，好像要起乩；還有像是講話離麥克風太近，因此常常出現爆音，諸如此類。如果我只是在課程結束寫回饋記錄，這些細節可能都不會注意到，但是透過錄音、錄影，不僅讓你無法忽視，而且會因為覺得不好意思而印象深刻，如此下次上台就會更加注意。

不過，上台報告時要進行錄音或錄影，有件事要特別注意，那就是一定要在事前徵得所有與會者的同意才行，尤其是錄影，因為有可能會拍到他們，讓他們覺得不舒服。如果有人表示不方便，則應停止錄影，下台後進行文字記錄還是最有效的方法。當然，你也可以這樣說：「為了報告結束後能夠整理出一份Q&A檔案，並寄給大家，所以我需要錄音或錄影，以便進行報告結束後的整理，請問大家是否同意？如果沒問題，報告一開始就會同步進行，請放心，這只會作為我整理內容的用途，不會公開播放。」

如果上台報告的場合真的不方便錄音或錄影，而你也沒有相對應的錄音錄影器材，或者你每次準備上台時都緊張到沒心思去想這件事，只要有上述狀況，是不是就無法透過影音來調整自己的上台細節了呢？其實還有一招，那就是在擬真練習時進行錄音和錄影。擬真練習時，因為只有自己或組員在場，可以盡情地錄音、錄影。也因為是擬真的，所以你的表現會如同正式上台，依然可以從中抓出許多有意義的細節，然後進行調整。

延伸練習

請開啟手機的錄音功能，然後錄下三分鐘的自我介紹，就以你平常最常說的自我介紹版本。

現在鼓起勇氣聽一下自己的錄音，並記錄哪些細節是下次可以調整的部分，像是語速是否太快？咬字是否清晰？內容是否有邏輯？

透過錄音，你發現了自己平常沒注意到的細節了嗎？

9-3 不因挫敗打掉重來，沒有那麼糟

如果上台報告表現不佳，下台時的心情一定很沮喪，甚至當場刪了簡報。我認為表現不好發洩一下情緒沒問題，但冷靜下來後，記得把簡報從垃圾桶裡復原（當然是指電腦桌面的垃圾桶）。

為什麼我會建議你不要刪掉檔案呢？其實你一站上台報告，就已經度過最難的一關了，因為「萬事起頭難」啊，從無到有、從空白的簡報變成上台時呈現的那麼多頁簡報，這就是最困難的一關，如果全都刪了，豈不是又要從最難的一關開始練起，那多辛苦！

這下子兩難的情況來了，全部刪掉，會回到萬事起頭難，但是不刪掉，又有太多地方需要調整，而且多到不知道從何下手……別急，前面分享的內容，正是為了這種

兩難情況而存在。先別想著要如何調整，不妨先透過回饋問卷檢視聽者的意見，這樣對於要修改的內容就會有個大致的方向，而聽者表示很有收穫的部分則應該保留。

除了回饋問卷，還有一個會給你許多幫助的動作，那就是你製作的Q&A檔案。聽者的提問一般就是他們最在意的地方，但因為你在報告時講得不夠清楚或沒有放進內容，他們才會想要透過提問來更加了解。既然如此，就可以參考聽者提問，更有方向地調整內容。

當你冷靜下來後，還有一件事更可以幫助你調整內容，那就是觀看自己上台的錄音或錄影。從第三者的角度看自己，你會發現更多可以改進的細節，當然，也會看見表現不錯的部分，這些都是調整內容的有用線索。

不要因為上台表現不好，就急著把內容全部打掉重來。萬事起頭難，從無到有這最難的一關都通過了，接下來就是不斷地調整，而你所做的Q&A表格、發放和回收的聽者回饋問卷等，都是調整的重要參考依據。

延伸練習

為了避免一時的情緒激動，而將上台報告的檔案全數刪掉，發生無法挽回的慘劇，我們在情緒低落時，除了像書中寫到「看聽者的回饋問卷，審視聽者的提問，讓自己找到調整的方向」這種理性的方法之外，其實還有感性的方法，例如看一部你喜歡的影集，有助於平復情緒。

我們可以用「視、聽、味、觸、嗅」來讓自己從感性面平復情緒，現在就請想想自己能平復情緒的方法吧！

視覺：看一部自己喜歡的影集（這是我的舉例）

聽覺：＿＿＿＿＿＿＿＿

味覺：＿＿＿＿＿＿＿＿

觸覺：＿＿＿＿＿＿＿＿

嗅覺：＿＿＿＿＿＿＿＿

想讓自我介紹也能印象深刻的關鍵

上台報告的自我介紹特別不容易，為什麼這麼說？因為報告時間不長，當自我介紹講了超過一分鐘，就容易讓聽者不耐煩，但若只說「我是〇〇〇」，又會讓人一點印象也沒有。所以，如何說好一分鐘的自我介紹，既不會太長又讓人有印象、記得你是誰，這就是重點。

我曾聽過一家企業主管的上台簡報，他一上台當然要先介紹自己的公司，但他也知道公司介紹不是重點。所以，他沒有從公司願景、公司目標、公司成立緣起……這樣一路講下來，只用了一句話就讓我對他印象深刻，而且直到今日記憶猶新。

他是這樣說的：「我們是〇〇公司，我們的服務讓超過一千名企業用戶感到滿意，一些大家耳熟能詳的台灣百大企業都和我們合作超過十個年頭，這代表我們深得客戶的信任。我們是〇〇〇，今天我要報告的主題是……」就這樣一段話，不拖泥帶水，一分鐘內說完，同時又讓人印象深刻。但你發現了嗎？這段話似曾相識，不就是一號資料夾中提到的「一句話重點」！沒錯，上台報告的自我介紹，也請用一句話重點的方式來表達。

那麼，該用哪一句話來自我介紹呢？這時要提醒你，「有對象感的表達」很重要，不是我們要選擇哪一個重點介紹自己，而是聽者在意我們的哪一個重點。以前面的企業主管為例，他的聽者都是企業的潛在客戶，這些潛在客戶會在意什麼？不外乎就是這家公司是否值得信賴、是否值得合作。因為意識到客戶在意的點，所以他以「值得客戶信賴」為角度，設計出上台報告的一段話，也著實讓人印象深刻，重點是，這樣講不會超過一分鐘。

剛成為講師的那幾年，為了能夠賺夠錢，我什麼課程都接，所以一天下來行程常常是這樣：早上八到十點為樂齡志工分享，中午十二點到下午兩點要和大學生分享，下午三到四點半是學校教師研習，晚上七點半到九點半則是某公司的員工讀書會。你會發現聽者的年齡跨度非常大，從十八歲到七十歲都有，而聽者的背景也非常多元。當時這樣的行程幾乎日復一日，面對如此多元的一群人，總不能每次的自我介紹都一樣，而我就是用「一句話重點＋有對象感的表達」，設計出每一場的自我介紹。

面對六十五歲以上的樂齡志工，我是這樣自我介紹：「各位爺爺奶奶好，我是培祐，好高興大家選擇當志工，讓生活更精彩。我當志工已經超過十年了，我是荒野保護協會的演講志工喔，專門分享台灣的美麗，比如你看這張照片……」對六十五歲以上的樂齡志工來說，他們在乎的是，講者看起來這麼年輕，究竟能夠分享什麼。所以我的一句話重點是：「我當志工已經超過十年了。」

面對十八到二十二歲的大學生，我是這樣自我介紹：「嗨，我是培祐，如同你看到的，身高一百八十一公分，體重一百四十一公斤，未來最害怕的就是身高體重變成一比一，如果到那一天，我就真的是把生活活成了一個圓了，也算是不虛此生……」對這些大學生來說，他們最在乎講者是不是個有趣的人，一開始講道理、說重點反而是地雷。所以在一分鐘的自我介紹中，要讓他們覺得你不是個古板的人，然後再慢慢分享重點和道理。

面對學校老師，我是這樣自我介紹：「各位老師好，我是培祐，我也是一位老師，以四處上課、演講為業，每年上課超過五百場，面對超過一萬名學生（學校週會講座就有上千名），怎麼讓他們願意聽我說、而且聽得懂，是我一直在研究的。今天我會分享三個讓學生專心的關鍵，希望對老師們教學上有幫助。那我們開始吧！」對老師來說，最在乎的是這位講師是否真的懂他們，教學第一線遇到的問題，不是用理論就可以解決的，不能講太艱澀難懂的內容，所以我的一句話重點是：「我也是老師，每年要和上萬名學生分享。」這樣的介紹就會讓老師們比較願意聆聽。

至於公司員工讀書會，我是這樣自我介紹：「大家晚安，我是培祐，今天工作辛苦了。我是個拆書人，擅長把一本厚厚的書抓出幾個大重點，簡單說給你聽。這本書我已經讀完了，裡面有一些很棒的方法可以運用在工作中，今天我就重點分享幾個好運用的方法，然後我們就可以休息了，大家說好不好？」面對忙了一天的員工，他們最在意的是這本書能否運用在工作中、今天能否用最簡單的方式就有所學習，所以我的一句話重點是：「擅長把一本厚厚的書抓出幾個大重點，簡單說給你聽。」這樣的說法既介紹了自己是誰，也讓忙了一天的員工感到安心。

從前面的不同情境自我介紹可以發現，當聽者不同，自我介紹的內容就不一樣，以「有對象感的表達」為主軸，用一句話重點來自我介紹。

自我介紹不用長篇大論，講一個重點就好，也就是聽者在意的經歷，這就是上台報告的自我介紹讓聽者印象深刻的關鍵——一個亮點。

檔案10

情緒管理技巧，讓表達更穩定

上台前緊張到額頭冒汗、身體顫抖，腦袋一片空白，我想許多人都有過這樣的經驗，很多人會想：「有沒有方法能讓我上台不緊張？用輕鬆自在的狀態上台，拿出擬真演練時最佳表現的樣子，那不就很完美了？」沒錯，這的確是最棒的上台狀態，但問題在於上台能夠不緊張的方法是什麼。

有很多書都會教如何在上台前不緊張，閱讀當下很有道理，但臨到上台前就會緊張得想不起來（可能當時緊張到腦袋一片空白）；又或者實際嘗試了，卻愈來愈緊張，例如我試過上台前大口深呼吸，但不知道為什麼，愈是深呼吸就流汗愈多，愈是深呼吸就心跳愈快，儘管嘗試了許多克服緊張的方法，上台前依然很緊張。

前面提過，上台前的緊張就像每天都會有星星、太陽、月亮，它一定會存在，但我們要想的不是如何射下太陽，而是如何在太陽下持續生活著——不是「克服」，而是「共處」。

不用想方設法地讓自己克服上台前的緊張，畢竟緊張是很自然的一件是；我們要轉換思考，縱使上台前很緊張，但允許它的出現，因為這是很正常的現象，你要和緊張「共處」，讓自己緊張時仍在台上有「穩定」的表現。

關於緊張，關鍵字不是「克服」，而是「共處」，然後上台表現「穩定」，這是我多年上台經驗，歷經無數次緊張、克服緊張的失敗循環後所得到的心得。接下來，就來看看就算緊張也能有穩定表現的關鍵做法。

10-1 上台前的獨處，是穩定的力量

TEDxTaipei創辦人許毓仁先生曾在《TEDxTaipei 18分鐘淬煉的人生智慧》一書中，分享了林懷民老師受邀演講的故事。當時林懷民老師正在上台前的準備區靜坐著，許毓仁先生問他是否要喝水，但林懷民老師閉目不語，直到演講結束，他才認真地說：「絕對、絕對不要在後台跟準備上台的人講話。」

從這個故事，你看到了什麼重點？我要說的是，林懷民老師有豐富的上台經驗，不管是上台表演還是上台表達，而他堅信上台前需要有一個人安靜的獨處時間，不和別人說話，不讓別人和你說話。

我人生中第一次的全校學生朝會講座是在台中某農工學校，那一場有近千名學生。當我看到學生陸陸續續走進演講廳時，整個人緊張到不行，額頭直冒冷汗，雙腳

不停顫抖，腦袋一片空白。我知道在這種狀態下上台的效果絕對會很差，不是講話太快、語無倫次，就是變成自說自話。但是再十分鐘就要上台了，這時可以怎麼做呢？

我找了一張椅子坐下來，眼睛閉上，專注在呼吸。吸氣，吐氣，吸氣，吐氣……就這樣進行了三分鐘，整個人只專注在吸氣和吐氣上，完全不去想上台的事。這是一段讓大腦轉移注意力的時間，從不斷注意學生的龐大人數，變成專注在吸氣和吐氣上，這能讓你從緊張中變得比較穩定，只要穩定下來，大腦才能開始思考等一下開場要講的內容、上台報告的一句話重點，以及要講的故事和數據等。

那次的上台表現非常順利，即便我依然很緊張，但穩定地把自己想要分享的內容都說出來了，也獲得學生很大的迴響。

後來聽了許毓仁先生分享這段和林懷民老師的小故事，我才發現，要讓即將上台的自己在緊張狀態下也能有好表現，上台前的獨處時間就非常重要。我人生第一次的千人講座，誤打誤撞也得到了獨處的好處。後來每次我上台前很緊張時，都會閉起眼睛，什麼都不想，只專注在呼吸三到五分鐘，讓大腦從緊張中得到一絲絲舒緩。因為這一絲絲的舒緩，認真準備的報告內容像是上台要講的第一句話、第一個重點、第一個案例，以及擬真練習時的所有努力，又會重回到腦中，上台時便能穩定發揮了。

我常常聽到有人說：「我搞砸了！這次的表現失常了，虧我還準備了那麼久，怎麼會這樣……」最後再補上一句：「我果然天生就不適合上台……」其實會這樣想，是因為他還沒有學會和緊張共處的方式，而我認為最有效的一招，就是上台前給自己獨處的時間，專注在吸氣和吐氣上，藉此轉移大腦的注意力；等到大腦獲得舒緩，之前認真準備的內容就回來了，於是你在台上就能穩定表現，也因此減少失誤的機會。

試著給自己上台前的獨處時間，它會帶來力量！

延伸練習

你試過眼睛閉起來三分鐘，什麼事都不想，只專注在吸氣和吐氣上嗎？不妨試試把眼睛閉上，然後吸氣、吐氣、吸氣、吐氣、吸氣、吐氣……，專心感受吸氣時鼻子溫度的變化，以及吐氣時胸腔的起伏。

為什麼要專注在鼻子溫度的變化和胸腔的起伏？這就是在轉移大腦的注意力，將準備上台的緊張感轉移到呼吸時的身體變化，這樣才能讓大腦得到舒緩，進而恢復穩定。

準備好了嗎？現在就來練習三分鐘的獨處呼吸。

10-2 做內心的國王，找到自己的標準

當你收到回饋問卷，準備看聽者給你的報告評分和建議時，會不會覺得很緊張？我現在依然記得第一次拿到的回饋表，是在某大學的全校社團幹部訓練後，有位學員寫道：「放影片就放影片，一直按暫停講話，到底是要不要讓我好好看影片？這樣很解high耶……」這個評價在我心裡停留了很久，但其實也有許多同學寫下諸如「我學到很多……」、「這堂課好有趣……」、「好險有來上這堂課，我學到……」等文字，只是讚美的回饋都已經忘記，批評的回饋卻記得一清二楚。

後來我發現，人的天性似乎就是如此，我們很自然地會去注意對自己造成威脅或負面感受的事情。例如假設你正坐在大草原中的石頭上，悠閒吃著食物，遙望即將西下的夕陽餘暉。忽然遠方草叢裡開始蠢蠢晃動，這馬上引起了你的注意，此時腦袋裡

想的可能是大獅子或大野狼，現在應該馬上拔腿就跑。但若千年後，你記不得當初正吃著東西，也忘了自己原本是在欣賞夕陽餘暉，卻記得草叢中的晃動影像和即將出現的動物。

其實，我們看著回饋問卷的反應，就和在草原上看到草叢晃動的反應很像，我們的注意力都會被負面評價、批評給吸引，然後印象留存許久，甚至有人可能因此對上台報告產生恐懼，開始排斥上台。

前面說過，認真研究聽者填寫的回饋問卷，有助於檢討自己的報告內容和技巧，讓下次的上台表現能更好。但願意吸收建議，就要具備正確心態，如果總是抱著防衛心看待，只會讓自己的壓力更大，並不會有所進步。

什麼是正確的心態？一行禪師（Thich Nhat Hanh）在《和好》（*Reconciliation*）一書中寫道：「我們要做自己內心的國王。」生活中時不時就會聽到別人對自己的評價，這些評價有如草叢中的猛獸，讓我們非常在意。有時我們會為了得到好評價，勉強自己去做一些根本不想做的事，最後活成別人口中的人生，而不是自己原本規畫的生活。例如你因為不想聽到有人說你身材不好，所以原本愛吃的甜點都不敢吃了；因為擔心別人說自己表現不好，所以原本要錄的影片也放棄了；原本打算寫一篇文章發布到IG上，但覺得別人可能不會認同自己的想法，於是作罷。

要想擺脫這些抗拒和恐懼，就得告訴自己，「我是自己內心的國王」。國王有自己的領土，有自己的堅持和信念，在他的領土裡實行自己的意志，別人是無法輕易改變的。只要國王的信念愈清楚，就愈能鞏固疆界，也就愈不容易被他人的意見輕易摧毀。套用在生活中也是如此，只要你做自己內心的國王，擁有堅定的信念，就不會被別人的意見牽著走而左右你的生活。

上台報告也是一樣，如何用健康的心態看待報告結束後的聽者回饋呢？你要告訴自己：「我是自己內心的國王，我選擇從這些角度進行報告是有想法和原因的，我有自己上台報告的信念和原則。」

例如，「我希望用邏輯嚴謹的方式，讓聽者徹底了解事情的來龍去脈」，當有聽者反映「講得有點硬，聽得我頭好痛，好幾次都想直接離開」，面對這樣的回饋，如果沒有國王般堅定的信念，可能會因為覺得難過而不再用這種方式報告。而有國王般堅定信念的上台者看到這樣的回饋，他會這樣對自己說：「的確，因為要邏輯嚴謹的報告，確實會讓聽者頭有點痛。但我認為這是對的方向，比起片面了解，還是用邏輯深度的解析更好。我可以想想是不是講慢一點，或者中間有休息時間，讓聽者大腦有時間放空。」

內心有國王般堅定信念的上台者會依照自己的原則和信念，判斷聽者的回饋是否對自己有幫助；相反地，沒有國王般堅定信念的上台者則容易受聽者回饋的影響，讓自己在意不已。

我現在每次上台報告結束後依然會看回饋問卷，心裡也有個上台報告的國王，有些時候回饋表的分數很高，學員的回饋也很好，但我知道沒有達到國王的標準，反而會自責不已，然後花許多時間進行內容調整；也有些情況是回饋表分數不高，學員評價也很一般，但我知道這次上台有達成自己設定的目標，符合我上台的原則，也就不會太在意這些評價，僅吸收有建設性的想法，作為下次改進的養分。

延伸練習

做自己內心的國王，我們不會害怕回饋問卷上的聽者意見，反而可以理性看待，讓自己持續改進報告內容。你內心的國王長怎樣呢？

請問問自己：

一、每次上台報告只要我的內容有＿＿＿＿＿，我就覺得很滿意了。

二、每次上台報告只要我的表達有＿＿＿＿＿，我就覺得很滿意了。

10-3 表現不如預期，想想薛西弗斯

薛西弗斯（Sisyphus）是希臘神話中的人物，他因得罪了眾神，被懲罰要將一塊大石頭從山腳推到山頂。石頭很大，山路很長，每次從山腳推到山頂都要耗掉一整天的時間，每當他好不容易將石頭推到山頂，新的一天到來時，石頭又自動回到山腳下，於是又要再次把石頭推往山頂。就這樣，每天都在做同一件事，但每天結束的進度又會歸零。

薛西弗斯的故事讓人想到「徒勞無功」這四個字，上台報告有時也會有「徒勞無功」的感覺，像是認真準備了許久但結果不如預期、緊張到說不出話來、時間超時、聽者沒反應、要講的重點忘記說、回饋問卷表的聽者評價分數超低……，遇到這些情況都會有一種「我如此認真準備到底算什麼」的感覺，就是一種「徒勞無功」的感

覺，以為上台報告可以完美呈現了，沒想到狀況百出，感覺之前的認真準備都是浪費時間，徒勞無功。

但真的徒勞無功嗎？你為了上台報告所做的努力，真的一點意義也沒有嗎？知名作家蔡康永在《蔡康永的情商課：為你自己活一次》一書中，曾為薛西弗斯的神話做了一個精彩的另解，他提到儘管薛西弗斯每天不間斷地推著大石頭，但隨著季節變化，加上他踩過之後造成土壤質地的改變，反而因為他的移動讓植物種子得以散播，萬物得以滋長。所以，推石頭這件事真的沒有任何意義嗎？當薛西弗斯感到絕望時，看一眼那些小花小草，會不會覺得其實也沒那麼徒勞無功？

當上台報告不如預期，覺得自己過去一段時間所做的一切準備都是徒勞無功時，想一想薛西弗斯看到的那些山路旁的小花小草吧，或許這次報告未達到預期目標（石頭沒有推上山頂），但請先把注意力從目標離開，關注一下整個過程，難道真的沒有發生任何有意義的事嗎？例如會不會有一兩位聽者受到你的內容啟發、找朋友進行擬真演練的過程時，讓朋友覺得收穫很多……其實，就算再微小的事情，只要自己認真過，能達成目標固然好，但沒達成也絕不是徒勞無功，一定會有小花小草在路旁盛開了。所以在嘆息報告不如預期時，看看一路走來所造成的微小改變，會讓你不再感到無力。

多年前，我和四位講師好友一起舉辦了為期半年的講座，每個月一場，我們為此召開了多次的預備會議，花了許多時間宣傳，還花了不少錢做文宣。但結果慘不忍睹，本來預計報名人數可達每場次一百人，沒想到只有三十人左右，而且第四場以後來聽講的人數僅剩個位數。

現在回想起來，那次活動真是非常失敗，為了之前做的所有準備可說是徒勞無功。然而當我把注意力從目標移開，認真思考準備的過程真的毫無收穫嗎？例如我們五個人建立了革命情感，和一輩子可以回憶的故事；有兩位學員從第一場講座開始參加到最後一場，然後留下好大一串留言說到他們的學習收穫；此外，我們因為這次活動，了解到大型印刷品、文宣小物的製作可以找哪些廠商……這些都是這次推石頭過程中的小花小草。

雖然講座結束時，我們發現石頭不僅沒在山頂，反而回到更遠的山腳下，失望難過一定會有。但別忘了，抬頭看看路旁的小花小草，它們還是會給你勇氣，讓你繼續把石頭往上推，因為你知道，只要努力了，從來就沒有徒勞無功這件事，上台報告表現不如預期時，更要這麼想！

延伸練習

你有過認真做一件事、最後卻失敗的經驗嗎？現在回頭來想想那件事，請把注意力從未達成的目標移開，想想努力過程中的小花小草是什麼，找到了，說不定就讓你增加了動力，再去嘗試一次！

我的失敗經驗：＿＿＿＿＿＿＿＿。

路邊的小花小草：＿＿＿＿＿＿＿＿＿。

每個回應都讓聽者有收穫的關鍵

「我想提問……」在某次報告結束後，有位聽者舉手。「請說……」我禮貌地回應。那是一個四十分鐘的上台分享，報告結束後有十分鐘的聽者提問時間。如何讓妥善回應聽者提問的做法，也為上台報告加分呢？

不管是面試、上台報告、演講或上課，內容方面可以依照前面的方法事先準備，但沒辦法預知聽者會問什麼，即便預先設想了，還是有可能聽到自己完全沒準備的問題，這時候該怎麼辦？又或者，你其實知道如何回答聽者的提問，但若要回答就得花上不只十分鐘的時間，等到回答結束，可能其他人的「霜淇淋」都融化了，枉費你在報告結尾時所精心設計的內容。所以，面對無法由自己掌控的提問時間，我們要如何應對？

首先一定要把握一個大原則，提問時間雖然是回答「單一聽者」的提問，但講者的回應一定要讓「全部聽者」都有收穫，只要掌握這個大原則，就能抓住所有聽者的注意力，不會出現只有舉手提問者在聽，其他人因為覺得和自己無關而開始恍神，甚至和附近的人開始聊天。

在這個大原則底下的回應可以這樣做：

一、找出問題和報告主題的連結

聽者提問通常分成兩種：第一種和報告主題密切相關，第二種和報告主題沒有相關。面對第一種，應該就是聽報告時沒聽清楚，但聽者很認真，想要多了解，於是舉手發問。這時講者要做的，就是帶著所有人一起複習那一段內容。注意，不是只有對著提問者，這樣會讓其他人覺得事不關己；講者要把目光看向所有人，然後說：「是的，關於你的提問，就是我報告的第二部分，大家可以看這頁簡報，或翻開講義第××頁。我簡短地說，這部分的重點就是……」這樣的回應方式，就是帶著大家一起複習了剛剛提問聽者還不熟悉的內容。

關於第二種狀況，例如聽者問：「聽你的報告讓我想到自己遇到的一個問題，問題是……」這通常是提問者從聆聽報告中聯想到的，但對其他聽者來說，可能覺得和自己沒關係，就失去了想要繼續聽下去的動力。報告者在聽完這類型的問題後，腦中第一時間就要思考「這和我報告內容的哪一部分有關」，找到連結後從內容來回應。

你可以說：「感謝這位聽者的提問，他的問題其實就是我在第一部分談到的……」從報告內容出發，等於幫聽者再複習一次，因為他們對報告內容不陌生（畢竟才剛聽完），所以也都能繼續聽下去，不會造成只有一個人在聽而其他人在恍神的情況。

也就是說，面對聽者的提問，講者腦海中想的第一件事就是「問題和報告內容的哪一部分有關聯」，然後從這部分內容談起。當然也會遇到聽者的提問，和報告內容無關，這時可以先問對方是聽到哪一部分內容而想到這個問題，因為有可能真的是從內容想到問題，只是你在提問的第一時間沒有理解意思；經過聽者解釋後，而你也理解了問題是和哪一部分內容有連結，這時就可以進行回應。

如果聽者實在不知道問題和報告內容的哪一部分有關，你可以這樣說：「等報告結束後我們私下再聊，大家若對這個問題感興趣，也可以一起聽，這樣可以嗎？還有人要提問嗎？」所以，和主題沒有關聯性的提問一定要當機立斷告知處理方法。

二、要對所有聽者回應

通常聽者舉手提問後，我們習慣對著他回應，因此眼神可能會看著他，身體和肢體動作都面向提問者，我們會不自覺地把所有焦點都放在提問者身上。但不要忘了，當講者這樣做時，其他聽者會覺得因為不是在對他說話，於是開始做其他事，甚至起身離開，現場出現聊天和走動的聲音，再也沒有專注聆聽的狀態，這樣的結尾就很可惜了。

所以，當你專心聆聽提問者的問題、並思考問題和內容的連結後，要把注意力回到所有聽者身上，眼神要看向所有聽者，身體也要面向所有聽者，雖然是在回應某位聽者的提問，但你是在對所有人說話。你可以說：「感謝○○的提問，這是個好問題，『大家』一起來思考一下剛剛第二部分說的……」不管是肢體語言或用字遣詞，不能專注在單一的「你」，而是全體聽者的「大家」，這樣即便是回答一位聽者的提問，也能讓全部人覺得有收穫，無形中也讓提問時間為自己的報告內容加分啦！

三號資料夾懶人包

P.R.E.的收尾功夫

又到了一句好記口訣！三號資料夾的一句口訣是「P.R.E.」：Pre有「預先」的意思，像是我們很熟悉的Prepare，就是預先準備之意，Preview，就是上課前先預習的意思。「P.R.E.」代表三個重點：

一、報告結束後的第一件事：彙整聽者提問後製作Q&A檔案、發放及回收聽者回饋問卷表，並提供聽者後續討論的管道，這些都是需要進行文書處理的步驟，所以用「Paper」的「P」來代表。

二、讓下次上台更進步的祕密：包括養成寫上台記錄的習慣、觀看自己上台報告的錄音或錄影，以及切記，不要全部打掉重練。這些關鍵都要經過記錄，不管是手寫、錄音或錄影，所以就用「Record」的「R」來代表。

三、情緒管理技巧，讓上台報告更穩定：這當然是用「Emotion」中的「E」來代表。

仔細一想，pre的意思也非常適合三號資料夾；想要上台報告不斷進步、讓聽者對你的報告內容感到滿意，那麼上台報告後要做的事就非常關鍵，像是發放和回收聽者回饋問卷表、錄音或錄影等，但其實這些事都要在報告前就「預先」準備好，你要預先準備好錄音或錄影器材、預先製作好問卷、預先安排上台前的獨處時間，報告結束後要做的事都要預先準備。所以，P.R.E.剛好是這三個重點的關鍵字縮寫，也是三號資料夾的核心精神。

最後，以一個好用圖表來顯示這句好用口訣，幫助你更容易記憶，請參下圖。

Paper

1. Q&A檔案
2. 意見回饋表
3. 討論平台

Record

1. 寫上台記錄
2. 錄音和錄影
3. 不要全刪除

Emotion

1. 上台前獨處
2. 內心的國王
3. 對話的力量

附加檔

機密檔案再解讀

你知道這本書總共有幾個機密檔案嗎？

答案是十個。不知不覺間，你已經吸收了多達十個上台需要知道的眉角，從設計出讓人難以忘記的上台報告內容，到每次回應提問都能讓聽者有所收穫。當然啦，看過不代表記得，但只要以後上台報告需要用到時，都可以翻這本書加以應用，比如你覺得最近開會總是花了許多時間，但是效果很低，感覺超浪費生命，這時候就可以翻到機密檔案F，重頭複習一次，然後讓自己的開會時間得到更妥善的運用。

我特地寫這篇〈附加檔〉，當然不只是炫耀這些機密檔案有什麼好處，很多讀者閱讀關於表達類的書，其實是期待看到不同上台情境可以運用的步驟，然後讓自己的上台很順利，有種看武林祕笈的感覺。但這本書不是走這條路線，畢竟只要是套路就一定有限制，例如適合反應較快的人用或適合累積許多故事的人用，但如果是反應較慢的人或不習慣累積故事的人，這一招會不會反而有反效果？所以這本書沒有祕笈，但我告訴你邏輯、細節和眉角，這樣你就可以按照自己的步調和個性，設計上台報告的內容。

但有些上台情境實在太特殊了，特殊到你需要一些祕笈來幫助讓你能有好表現，例如以下三種特殊情境：

情境一：天啊！那麼重要的上台報告機會，我要注意什麼？

情境二：哇塞！大家也太吵了吧，我該如何讓他們聽我說？

情境三：誇張！他們怎麼那麼不想聽，我要如何拉近距離？

但秉持著凡是套路都有侷限，與其我告訴你祕笈，不如你製作一個專屬於自己的祕笈。怎麼做呢？這三個情境都可以任選兩個機密檔案搭配，讓自己在準備時有確切的方向，並提醒自己要注意的眉角，這樣搭配書中的內容就會更加分，而且不容易犯下錯誤而導致扣分。

對於這三個情境，我也有自己的搭配，這裡就不寫出來了，不過我會給你一些提醒，好讓你有個方向。

情境一：天啊！那麼重要的上台報告機會，我要注意什麼？

提醒：對你愈是重要的上台機會，愈要確保能有效說服聽眾。所以你可以找找，哪些機密檔案在內容設計上提供你有效說服聽眾的眉角，並把它列為其中一項祕笈。這邊提示一下，要說服聽眾，除了你的報告內容，還有就是聽者的提問，畢竟我們不一定能百分之百抓到聽者的需求，但透過對聽者提問的精準回應，更能滿足對方的需求，進而達到說服的效果。用一句話總結我的提醒：愈是重要的上台報告場合，愈要注意內容的設計是否達到說服聽眾的效果。

那麼，哪些是重要的上台報告情境呢？你可以先寫下來。看完我的提醒後，你會用哪兩個機密檔案當做未來準備重要上台報告時要注意的眉角？只能兩個，因為再多會記不住，就起不了提醒的作用。你會選哪兩個呢？翻開前面的內容看看吧！

情境一：天啊！那麼重要的上台報告機會，我要注意什麼？

注意眉角：機密檔案＿＿＿＿＋機密檔案＿＿＿＿

情境二：哇塞！大家也太吵了吧，我該如何讓他們聽我說？

提醒：當報告的環境很吵雜時，不管是聽者很吵（例如婚宴場合）或外在環境很吵（例如附近有工地在施工），我們首先要做到的，就是聽者要聽得到我們講話的聲音，而且這聲音能引起他的注意。機密檔案中，有哪一個分享了這類內容呢？聽者被我們的聲音吸引後，因為環境太吵雜而容易分心，我們的內容就要盡量讓他好吸收與理解，所以要運用哪個眉角把內容變得更好吸收呢？

好的。我們總會遇到吵雜的上台報告情境，最好的情況是上台前先安頓好環境，讓現場不再吵雜，但總有些時候是我們無力改變的，例如婚禮現場、隔壁在施工等，這時依據我剛剛的提醒，你會選擇哪兩個機密檔案，當做上台報告時遇到吵雜環境要注意的眉角？

情境二：哇塞！大家也太吵了吧，我該如何讓他們聽我說？

注意眉角：機密檔案＿＿＿＿＋機密檔案＿＿＿＿

情境三：誇張！他們怎麼那麼不想聽，我要如何拉近距離？

提醒：如果你上台報告時，感受到聽者對你的內容一點興趣都沒有，那你會悶著頭講完，還是希望先引起聽者的興趣再繼續講？這兩者的差別在於「你是否希望說服聽者」，如果你只是自顧自的講完所有內容，也不管對方其實處在不想聽的狀態，那並沒有達到說服聽者的目的。畢竟你都已經意識到對方根本不想聽了，大家就是表面上配合，讓時間快點過去而已。但如果你希望辛苦準備的報告能夠達到說服對方的效果，首先就得重視對方並不想聽的事實。那麼在所有機密檔案中，哪兩個能幫助你重新引起聽者動機的眉角呢？

情境三：誇張！他們怎麼那麼不想聽，我要如何拉近距離？

注意眉角：機密檔案＿＿＿＿+機密檔案＿＿＿＿

經過我的提醒，你已經找到適合的機密檔案來因應以上三種特殊上台情境嗎？如果還沒有，我還有一招，那就是拿著你準備好的內容，勇敢上台吧！秉持著每次上台就是下一次上台的養分，就是要讓下一次上台更好的精神，報告結束後，透過聽者回饋問卷或現場的錄音、錄影來調整我們的報告內容，這也是一種方法。只要持續這樣做，不管遇到什麼樣的情境，隨著上台報告經驗的累積，你都能游刃有餘。但是要記得，報告結束的整理工夫一定要扎實地做，才會有進步的效果喔！

國家圖書館出版品預行編目（CIP）資料

表達吸睛：從個人到小組，重量級講師教你的升級說話課 / 曾培祐著 . -- 初版 . -- 臺北市：遠流出版事業股份有限公司 , 2022.02
面； 公分

ISBN 978-957-32-9419-1(平裝)

1. 演說術

811.9　　110022469

Beyond 032

表達吸睛

從個人到小組，重量級講師教你的升級說話課

作　　者 —— 曾培祐

主　　編 —— 陳懿文
內頁設計編排 —— 陳春惠
封面設計 —— 萬勝安
行銷企劃 —— 鍾曼靈
出版一部總編輯暨總監 —— 王明雪

發 行 人 —— 王榮文
出版發行 —— 遠流出版事業股份有限公司
地址 —— 104005 台北市中山北路一段 11 號 13 樓
電話 ——（02）2571-0297　傳真 ——（02）2571-0197　郵撥 —— 0189456-1
著作權顧問 —— 蕭雄淋律師

2022 年 2 月 1 日　初版一刷
2022 年 7 月 5 日　初版三刷
定價 —— 新台幣 380 元（缺頁或破損的書，請寄回更換）

ISBN 978-957-32-9419-1

YLib.com 遠流博識網 http://www.ylib.com
E-mail:ylib@ylib.com
遠流粉絲團　https://www.facebook.com/ylibfans